Keto von Waberer:
Böse Menschen



Deutscher
Taschenbuch
Verlag

dtv

Von Keto von Waberer
sind im Deutschen Taschenbuch Verlag erschienen:
Blaue Wasser für eine Schlacht (11090)
Der Schattenfreund (11326)
Die heimliche Wut der Pflanzen (11405)
Der Mann aus dem See (11564)

Originalausgabe
Juni 1993

Umschlagtypographie: Celestino Piatti
Umschlagbild: Rotraut Susanne Berner
Satz: MPM, Wasserburg
Druck und Bindung: C. H. Beck'sche Buchdruckerei,
Nördlingen
Printed in Germany · ISBN 3-423-11715-X

Das Buch

»Überaus anstrengend sei es, böse zu sein, behauptet Brecht. Also ich finde es weitaus anstrengender, gut zu sein. Überlegen Sie doch mal! Das fängt schon in den eigenen vier Wänden an. Der ›böse‹ Mensch braucht seine Zeitungen, Flaschen, Joghurtdeckel und die leeren Batterien nicht schweißtreibend zu irgendwelchen Containern zu schleppen, er wirft sie in den Abfall. Er braucht auch nicht für Greenpeace und den Otternfonds zu stiften. Er trinkt stattdessen ein Fläschchen Schampus vom Feinsten und drückt seine Zigarette im Palmenkübel aus ... Mich wundert, daß es nicht mehr böse Menschen gibt ...« — Keto von Waberer schreibt seit Jahren in den verschiedensten Zeitungen (u. a. ›Weltwoche‹, ›Abendzeitung‹, ›Feinschmecker‹, ›Zeit‹) witzige, spritzige und böse Glossen rund um die Auswüchse des Zeitgeistes. Hier eine Auswahl ihrer besten Texte.

Die Autorin

Keto von Waberer wurde in Augsburg als Tochter einer Deutschen und eines Bolivianers geboren, verbrachte ihre Kindheit in Tirol, wohnte lange in Mexiko und den USA und lebt heute als freie Schriftstellerin in München. Sie studierte Kunst und Architektur und arbeitete als Architektin, Übersetzerin und Journalistin. Weitere Werke: ›Heuschrekkenhügel‹ (1984), ›Die heimliche Wut der Pflanzen‹ (1985), ›Blaue Wasser für eine Schlacht‹ (1987), ›Der Schattenfreund‹ (1988), ›Fischwinter‹ (1991).

Inhalt

# Freunde

Der neue Mann? Nein, ich spreche nicht von der Schimäre, die sich aus Frauenmagazinartikeln, Trendumfragen und Männerrezeptbüchern zusammensetzt. Ich spreche von meiner Freundin Ulla, die ihren neuen Mann mitbringen will, zum Abendessen. Er ist 3 Wochen alt. Man kann es ihr nicht abschlagen. Ihre Stimme hat ein Vibrato, das einen wissen läßt, sie ist im Liebesrausch auf Ebene 10 und hat keine Bodenberührung mehr. Es soll Curry geben. Die alten Freunde werden zusammenhocken und sich die Nase begießen, und nun soll der neue Mann da mit reingestopft werden. Ulla muß ihr Glück der Welt vorführen, also uns, also gut, also natürlich, bring ihn mit, hoffentlich ist er nicht allergisch gegen Kurkuma oder Chili.

Und da sitzt er, neben Ulla, und sein Hemd steht offen bis zum Nabel, und über seinem Brustbein im goldenen Haar baumelt ein goldener Penis mit Flügeln. Seine linke Hand unterm Tisch auf Ullas Knie. Ullas Curry auf dem Teller, ungegessen. Ihre Augen auf seinen mahlenden Kiefern. Unsere Augen auf seinen curryfarbenen Lippen. Er spricht und spricht. Ulla sieht aus, als schreibe sie in Gedanken alles mit. Currykochen hat er in Indien gelernt von einem kleinen fetten Mann, der Wasser verkaufte. Aber leben möchte er doch eher auf Haiti oder in Miami oder in Santo Domingo. Er ist sich noch nicht schlüssig. Wir alle nehmen teil an den Gedanken, die er sich zu diesem Thema macht. Unten am Tisch fängt die Aufmerksamkeit an abzubröckeln. Wir sind jetzt beim Segeln in einem Katamaran. Das hat ihm ein kleiner dicker Mann in Florida beigebracht, der Schuhe verkaufte. Ulla ruft ans Tischende, wo jemand angefangen hat, über Fußball zu reden, man solle jetzt zuhören. Es käme die Geschichte, wie er vor El Popo Schiffbruch erlitten habe, das könne sie immer wieder hören. Wir hören es dann auch. Jemand, beherzt, möchte das

Gespräch kühnerweise auf Abtreibung bringen, eine Frau natürlich. Die Indios im Amazonasgebiet haben eine Pflanze, mit der man ... eine kleine dicke Frau hat es ihm gezeigt, sie ...

Als Ulla mit ihm abzieht, so stolz, als führe sie den Preisterrier einer Hundeausstellung an der Leine, flüstert sie mir zu: »Ist er nicht göttlich?« Wir alle bleiben zurück mit einer gewissen Wehmut. Wir denken an Eggbert, Ullas Verflossenen, der immer beim Nachtisch einschlief. Herrgott, war der Mann gemütlich, sympathisch. Wir bleiben zurück, alle geknickt. Es ist ernst. Wir werden Ulla verlieren, und sie uns. Oder wird sich's geben? Oder werden wir ihn lieben lernen?

Damals, als Rose diesen fürchterlichen Fernsehredakteur anbrachte, haben wir um sie gekämpft. Wir glaubten noch ans Diskutieren, wollten ihr die Augen öffnen, das ging daneben. Seine Ära währte ein ganzes Jahr — ohne Rose, was uns betrifft. Dann kehrte sie zurück. Sagen dürfen wir immer noch nichts über diesen Tortenarsch. Sie bringt nie mehr jemanden mit. Vielleicht ist das besser so. Ich weiß nicht, was los ist in letzter Zeit mit den Damen in meiner Umgebung. »Vielleicht sind das ja so Emanzipationsversuche«, sagt Harald, unser Ausbügler. »Vielleicht erleben sie die Clique als Familie und lehnen sich gegen unser Urteil auf.« Vielleicht ist da was dran: Helge jedenfalls, den man uns kurz nach einer grausigen Scheidung brachte, d. h. Hilla schleppte ihn an, und er gefiel uns allen, obwohl er fast nichts sprach und sich Haare ausriß beim Vor-sich-hin-Starren, Helge, also der mochte uns nicht. D. h. Hilla brachte ihn nie mehr mit und kam selber immer seltener. Er sei ein Eigenbrötler, sagte sie. Wir wären ihm zu laut, sagte sie. Hilla war die, die von uns am besten kochte, sie fehlt uns bis heute.

Vielleicht machen wir was falsch. Es gibt Vorschläge, Neuzugänge erst an Einzelpersonen zu testen. Aber wo soll das hinführen? »Zusammenraufen müsse man sich«, ruft jemand. »Die Arroganz lassen«, schlägt ein anderer vor. »Eingehen auf...« — »Nachfragen...« — »Kein Vorurteil haben...« Wir sind ratlos. Heute abend will Peter seine neue Frau mitbringen. Es gibt Spaghetti. Er sagt, er wisse nicht, ob er essen könne, er habe seit ein paar Tagen einen nervösen Magen. Kommen tut er auf alle Fälle. Und seine neue Frau brennt darauf, uns kennenzulernen. Also.

# Leggings

Der Siegeszug dieses Kleidungsstücks ist unaufhaltsam, und auch die Winterfröste können ihm nichts anhaben. Schon liegt das populäre Beinfutteral in Samt und Wolle vor. Ich spreche von den »Leggings«. Heil ihnen! Denn sie bedeuten einen weiteren Schritt in Richtung gemütlich und doch sexy.

Das Ding kommt aus dem Koffer der Balletteusen und wanderte über den Umweg der braven Gymnastikhosen als buntgeschecktes, glänzendes und universell einsetzbares Tag-und-Nacht-Prachtstück an unsere Beine. Also an die Beine des Nicht-Balletteusen-Fußvolks, und nicht jeder Hinterlauf ist ihm wirklich gewachsen.

An einem Sonntag im Grünen sieht man sich von ganzen Bataillonen »beleggter« Menschen umgeben. Kein Fahrrad ohne das passende Beinaccessoire. Auch die Herren haben nachgezogen und bieten ihre behaarten Haxen in am Knie endenden, blanken Radlerhosen dar – den Brüdern der weiblichen Strampelhose.

Nein, ich bin die letzte, die Menschen vorschreiben möchte, was sie tragen sollen, und doch fällt es mir schwer, wertfrei über die verschiedenen Stadien des hautnahen Beinkleids zu berichten. Man muß einfach hinsehen, wenn man vorgeführt bekommt, wie schwer sich etwa die Unterhose tut unter einer solchen Hülle, wenn sie reliefartig in den zarten Hüftspeck inkrustiert ist. Da gibt es das schmale Höschen, das auf halber Höhe einschneidet und so eine kleine Abschnürung bewirkt, die an Stricklieseln erinnert. Da gibt es den Tanga, der sich nicht immer symmetrisch auf beiden Backen halten kann und deshalb aussieht, als stehe er kurz davor, ganz eingesaugt zu werden. Auch die vernünftig gewählte umfangreiche lockere Hose kann interessante Faltenwürfe an erstaunlichen Stellen produzieren.

Bei den Herren sticht alles, was sie haben, sehr deutlich ins Auge, ja funkelt einem durch hochglänzendes Material geradezu entgegen. Das männliche Markenzeichen wird auf unterschiedlichste Weise akkommodiert, mal seitlich, mal hochgestellt, mal eingeknäuelt. Glauben Sie ja nicht, daß ich einen besonders indiskreten Blick riskiert hätte. Neben mir auf der Wiese saßen vier junge Damen, die laut und ungeniert über die verschiedenen Arrangements der vorbeiflanierenden Radler diskutierten.

Ich will hier gar nicht niederschreiben, zu welchem Spott sie sich hinreißen ließen und wie laut sie lachten. Sie selbst trugen alle ihre verschieden gemusterten Leggings mit großer Selbstverständlichkeit. »Ohne«, wie ich aufschnappte. Aber das wird ihnen der Winter schon austreiben.

Ich gebe zu, daß ich seit jenem Sonntag lange vor dem Spiegel stehe, wenn ich meine Hinterfront in Leggings unters Volk zu führen gedenke. Die Unschuld und Selbstverständlichkeit, mit der ich früher in das Teil schlüpfte, ist dahin.

Neulich im TV lief ein Trailer von ›Robin Hood‹, und während man den vielgeliebten Kostner in wilder Hast über pfeilstarrende Erdwälle stürmen sah, ließ einen der Sprecher wissen, daß dieser Kultmann leider stark zugelegt habe und daß man aus diesem Grunde hier wohl auf die obligatorischen grünen Leggings verzichtet habe. Errol Flynn hatte sie damals an, das ist wahr, obgleich seine Beinchen darin etwas asthenisch wirkten.

Vielleicht stammt meine Liebe zu diesem Beinkleid von damals, aus meiner Kindheit. Für die Röcke der Ritterdamen habe ich mich nie so recht begeistern können. Wie dem auch sei, es leben die Leggings!

## Zwingende Natur

Die Etruskermaus, ein winziges, quirliges Fellbündel, muß alle halbe Stunde Nahrung aufnehmen, sonst verfällt sie in eine Art Schutzohnmacht, um Kräfte zu sparen. Ißt sie nicht pünktlich, muß sie sterben. Das alles unter der Erde, wohlgemerkt, dort, wo sie ein eventuelles Regenwurmmahl gottlob schon von weitem kommen hört.

Nun gibt es Menschen, die in der Dringlichkeit ihrer leiblichen Bedürfnisse an diese Maus erinnern. Meine Freundin Ulrike etwa ist auf Reisen keine so rechte Freude, weil sie, wenn sie einmal verkündet hat, sie habe Hunger, diesen auf der Stelle stillen muß, sonst ist mit ihr nicht mehr auszukommen. In welchen Spelunken haben wir schon einkehren müssen, um uns hastig einen ranzigen Hamburger zwischen die Kiefer zu schieben, weil sonst für Ulrike und uns die Welt untergegangen wäre. Gegensteuern oder das Verabreichen von Keksen ist völlig sinnlos und steigert nur Ulrikes Raserei.

Egon hingegen kann Bedürfnisse ganz anderer Natur keine Sekunde aufschieben. Er behauptet, das käme von einem schweren Darmfieberanfall, dem er in Zentralasien einmal fast zum Opfer gefallen sei. In New York, im Lift des Empire State Building, wäre es fast passiert. Egon hatte bereits im ersten Stock geäußert, er müsse sich baldmöglichst entleeren. Wir, seine Freunde, sahen nervös zu, wie langsam die Stockwerke vorbeizugleiten schienen. Wir waren unterwegs zum »Rainbow Room«!

Im 12. Stock betrat ein Hausmeister mit Leiter den Lift und wollte eine Birne auswechseln, wir drängten ihn wortlos hinaus. Im 25. Stock schob jemand umständlich einen Herrn im Rollstuhl zu uns herein. Als er unsere bösen Mienen sah, wollte er plötzlich wieder hinausgeschoben werden. Wir haben das verhindert. Kurz, wir kamen völlig zermürbt oben an — noch rechtzeitig! Aber es war »a close shave«, wie Egon sich ausdrückte. Armer Egon — und doch ist es eine Last mit solchen Zeitgenossen. Man neigt dazu, neben ihnen die eigenen Wünsche zu verdrängen. Habe *ich* jetzt auch Hunger? Muß *ich* jetzt auch aufs Häusel oder dergleichen. Das macht einen unwirsch.

Elke, deren Magen sehr deutliche Signale gibt, was er heute abend zum Essen wünscht, schleppt einen gnadenlos durch fremde Städte, um etwa ein japanisches Lokal zu finden — auch bei Bullenhitze oder Orkan. Das eine Mal, als sie auf »kaukasisch« reflektiert hatte und wir kurz vor dem Zusammenbruch italienisch aßen, war sie drei Tage ungenießbar. Auch Ilse ist im Süden so schwierig, weil sie immer gleich friert. Man muß auf der Terrasse schon um 21 Uhr die Zelte abbrechen, weil sie es sonst an der Blase kriegt, wie sie sagt. Ich halte das, unter uns, für eine leere Drohung. Ich glaube überhaupt, daß solche Leute subtil ihre Machtgelüste ausleben, und das immer auf Reisen — da sind ihnen die anderen ausgeliefert. Die gute Stimmung der Gruppe hängt von allen ab, wenn einer querschießt, haben auch die anderen Leute keinen gemütlichen Abend.

Wir wissen natürlich, daß es auch Herren gibt, die wieder einem anderen Drängen ihres Leibes rasch nachzukommen trachten, sollte dieses auftreten. Weder Sonnenbrand, Erschöpfung noch hellhörige Hotelwände können sie bremsen. Sie tun so, als würden sie ernstlich krank, verweigert man ihnen das, was sie so schmerzhaft deutlich begehren. »Männer sind eben so«, heißt es dann. »Ich kann doch nichts dafür.« Ja, dafür kann keine von diesen »Etruskermäusen«. Sie sind den zwingenden Naturgegebenheiten ihres Körpers ausgeliefert. Nur fragt man sich, ob man nicht selbst irgendwie minderwertig, duckmäuserisch und viel zu angepaßt ist, wenn man artig eine Stunde Hunger aushält, auch mal »polnisch« ißt, obwohl man von »hawaiianisch« träumte, auf der Autobahn bis zum nächsten Tankstellenklo warten kann und selbstverständlich später im Hotel den vom langen Fahren ausgelaugten Partner schlafen läßt. Obgleich man selber auf ein Schäferstündchen reflektiert hätte.

Eben kommt mein Freund Theo herein und schreit: »Los, wir gehen ins Kino. Ich muß heute ins Kino, komm schon!«

»Nein«, sage ich (ich wollte eigentlich auch ins Kino), »nein — null Bock auf Kino.« Denen werde ich's schon zeigen!

## Böse Menschen

Überaus anstrengend sei es, böse zu sein, behauptet Brecht. Also ich finde es weitaus anstrengender, gut zu sein. Überlegen Sie doch mal! Das fängt schon in den eigenen vier Wänden an. Der »böse« Mensch braucht seine Zeitungen, Flaschen, Joghurtdeckel und die leeren Batterien nicht schweißtreibend zu irgendwelchen Containern zu schleppen, er wirft sie in den Abfall. Er braucht auch nicht für Greenpeace und den Otternfonds zu stiften. Er trinkt stattdessen ein Fläschchen Schampus vom Feinsten und drückt seine Zigarette im Palmenkübel aus. Doch weiter. Ein Freund ruft den »bösen« Menschen an (zum dritten Mal in dieser Woche), um ihm seine Ehekrise, Finanzmisere, Nebenhöhlenentzündung darzulegen. Der »Böse« muß keine Kraft aufwenden, um dem Leidenden neuen Lebensmut einzuflößen, Geld zu leihen oder ihm heiße Hühnersuppe zu bringen. Er sagt einfach: »Laß mich zufrieden mit deinem Gejammere, ich kann's nicht mehr hören« und Schluß. Er muß sich auch nicht gefallen lassen, daß ihm der neue Erdenbürger auf den Schoß pinkelt und daß man ihm haarklein erzählt, in welcher Farbe selbiger heute sein Geschäft verrichtet hat. Er brummt einfach: »Kinder nerven mich«, und schon ist er alles los, sogar die Stöße von Hochglanzfotos, die für ihn bereitlagen. Die Tauben, die schon wieder ein Nest bauen wollen in seinem Geranienkasten, schlägt er tot und brät sie sich zum Abendessen, und glauben Sie ja nicht, daß er jemals einer alten Frau die Tasche trägt, ihr einen Sitzplatz anbietet oder für sie im Fahrplan nachsieht. »Es gibt viel zu viele alte Leute«, sagt er, und damit meint er auch seine arme Mutter, deren 10seitige Briefe er gar nicht erst liest und ihr deshalb auch keine Antwort darauf geben kann, ob er zum Geburtstag kommt und ob er genügend Gemüse ißt und ob er…

Ach, wie gerne wäre ich ein »böser« Mensch. Gerade

heute, wo ich mich in meiner Güte erboten habe, jemand Nettes als Untermieter für meine schwangere Freundin zu suchen. Seit 9 Uhr morgens rufen Leute an, und glauben Sie mir, die sind von einer grenzenlosen Unhöflichkeit und Zähigkeit. Ich darf mir gar nicht vorstellen, wie der »böse« Mensch der Schwangeren Bescheid gestoßen hätte. »Du, ich schaff's einfach nicht mehr«, hat sie zu mir gesagt, und dann hat sie geweint. Damit hat sie mich rumgekriegt. Mutter Teresa ist nichts gegen mich.

Sind Sie auch so? Halst man Ihnen auch die Katze auf, wenn man in Urlaub fährt? Eine Katze, die nur Leber vom Metzger »Adelkofer« frißt, vom anderen Ende der Stadt? Und kriegen Sie wie ich auch diese fürchterlichen Schamgefühle, wenn Sie im TV zusehen, wie sie die Albaner in die Busse stopfen, die Romas in die Züge? Der »böse« Mensch glaubt an Patentlösungen. Er schläft gut.

Sie meinen, was man dem anderen an Gutem tut, fällt auf einen selbst zurück? Sie finden, der »böse« Mensch ist einsam? Ach, glauben Sie nur das nicht. Ich habe so böse Männer kennengelernt, an denen die Frauen hingen wie Efeuranken. Ich habe so bitterböse Frauen erlebt, denen die Kerle nachliefen wie die Ratten dem Flötenspieler. Ich habe Chefs gesehen, die glitzerten wie schwarze Kristalle vor Bösigkeit. Sie machten Karriere, und ihre Belegschaft stand zu ihnen wie ein Mann, log und betrog für sie, was weiß ich.

Eins ist klar. Das Leben ist leichter, wenn man böse ist. Man kann sofort kurzen Prozeß machen, wenn man alle Moral in den Wind schießt. Und ich sage Ihnen noch was. Man sieht's denen nicht an. Sie sind nicht etwa häßlich oder kränker als unsereiner. Nein. Im Gegenteil. Eigentlich ganz schlüssig. Es ist ungeheuer anstrengend, gut zu sein. Mich wundert, daß es nicht mehr böse Menschen gibt. Wirklich.

## Stadtinsekt

Diesen Sommer gab es, zur Verblüffung aller, Falter in der Stadt. Pfauenaugen, Füchschen und Zitronenfalter. Sie flogen einem nachts ins Zimmer, und beim Aufwachen konnte man sie, mit atemlosem Kinderentzücken, auf dem Radio sitzen sehen, ehe man ihnen sanft den Weg nach draußen wies. Selbstlos, denn man hätte sie gerne bei sich behalten.

Ein Stadtmensch wie ich empfindet ja sogar Rührung über eine große Motte oder eine Florfliege, die sich in sein Betongefängnis verirrt hat. Es ist, als sei dieses Wesen ein Bote von Pan, der, wie man hofft, immer noch draußen im Gehölz kauert und über einen Menschen kichert, der von der Natur nichts weiter sieht als einen Kastanienast vor seinem Fenster und den Sichelmond zwischen dem Heizkraftwerk und dem Parkhaus — an klaren Abenden, wohlgemerkt.

Daß die Wespe ein nützliches Mitglied unserer Gesellschaft ist, hat sich seit ein paar Jahren herumgesprochen. Man kriegt Feuerwehrleute keineswegs mehr dazu, ihre Nester auszuräuchern, auch wenn Allergien auf Wespenstiche zunehmen — anschwellen sozusagen. Ganz selbstverständlich finde ich diese Schonung. Ich mag Wespen. Sie gefallen mir sowohl vom Aussehen als auch von der Gefräßigkeit her. Man hat nicht wie bei den Bienen dieses ekelhafte schlechte Gewissen, wenn man selbst aus reinem Vergnügen frißt, und dies, ganz ohne ein wunderbares Ergebnis, in Form von Honig und Wachs, absondern zu können. Bienen stechen zwar auch, sind aber heilig, eben bienenfleißig, dazu noch Vegetarier. Wespen tun nichts weiter als leben, und kein Schweinsbraten ist vor ihnen sicher.

Aber der Mensch neigt dazu, Tiere, die ihm nützlich sind, mit einem Glorienschein zu umgeben. Die Wespe nützt eben erst beim näheren Hinsehen. Sie ist ein Aasfresser. Ihr Pech, daß sie da einen ähnlichen Geschmack entwickelt wie der Mensch. Man erkennt das Wesen eines Menschen im Umgang mit einer Wespe.

Ich sitze in einem Gartenlokal, und um mich her werden gebratener Fisch und Zwetschgenkuchen und Hühnerbeine verzehrt, Biere getrunken und Limo – von Menschen und Wespen. Der Mann an meinem Tisch hat schon drei Wespen unter seinem umgedrehten Glas gefangen. Er kann sein Essen nicht genießen, weil er nur so tut, als äße er, eigentlich ist er auf der Pirsch, und die Jagdleidenschaft glitzert in seinen Augen. Wenn ein neuer Gast auf seinem Tellerrand landet, nähert er seine Hand mit der Gabel behutsam, pinnt die zappelnde Beute fest und stülpt ein Glas darüber. Seine Frau applaudiert nicht. Sie hat genug zu tun, auf die Happen zu achten, die ihre Kinder sich in den Mund schieben. Sie schwitzt. Ich verstehe sie. »Daß da von der Polizei nichts unternommen wird«, murmelt sie erbittert. »Daß man da nicht sprüht.« Nun entziehe ich ihr meine Sympathie. Auch die beiden jungen Menschen gegenüber mit ihren Vollkornnudeln werfen sich Blicke zu. Ihr Umgang mit den Wespen ist gelassen, und ich bewundere sie. Da steckt ein Programm dahinter! Der junge Mann hebt höchstens die Hand, wenn eine gelbschwarze Surrerin zum dritten Mal gegen seine Brille knallt, und flüstert: »Flieg nach Hause, Schwester, und laß mein Essen in Frieden.«

In Italien habe ich einmal einen Dominikaner beobachtet, der die lästigen Tiere mit einem »geh mit Gott, meine Tochter« von seinen Fettucine fernhielt. Nun ja, ich betrachte meinen Apfelkuchen mit gemischten Gefühlen. Vier geradezu leidenschaftliche Schwelger hängen an der Kruste. Was werden sie tun, wenn auch ich Besitzansprüche anmelde?

Die Frau aus Sachsen vom Nebentisch bricht zusammen. »Seid eeener Stunde keeene Ruhe!« kreischt sie und tut das, was wir alle bis dahin vermieden haben. Sie schlägt mit der Speisekarte wild in die Insektenformation über ihrem Erdbeertörtchen. »Isch gann nisch mehr. Nee... nee.« Und siehe da, die Stimmung wendet sich gegen sie. Die Mutter wirft sich über ihre Kinder. »So was! Das macht die Viecher ja noch bösartiger«, murmelt sie. Ihr Mann hebt sein Glas und läßt seine Gefangenen frei, mit triumphierendem Blick in die Runde. Ich lache. Das junge Paar schaut sich tief in die Augen. Die einzig Erwachsenen in dieser Schlacht! Und der alte Mann, der bis dahin nach jedem Schluck sein Bierglas zugedeckt hat, faßt die Volksmeinung zusammen: »Wespen sind auch nur Menschen.«

## Traummänner

Der Traummann? Nun ja, den haben sie uns ausgetrieben, gottlob, seit langem schon, uns Frauen. Wenn wir auf den warten wollen, werden wir alt und grau, noch schlimmer, wenn wir unsere irdischen Partner auf ihn trimmen wollten, gerieten wir in die Bredouille. Recht so. Ein Mensch, auf den man eine Idealvorstellung projiziert, muß letztendlich Amok laufen! Nun ist es ja nicht so, daß die Medien uns dabei behilflich wären, das letzte bißchen dieses idealen Wesens in unserem Herzen auszumerzen, denn dort tritt er noch immer auf und gesellt sich zu den Aschenputteln seiner Wahl: der ehrliche und liebestrunkene Cop, der bekennerische und wunderbar wandelbare Businesstycoon, der weiße Indianer, der junge, brillante Aufsteiger, der trotz familiärer Anfechtungen zu seiner Mesalliance steht. Ja, und das schauen wir uns gerne an und seufzen. Wie wunderbar! Es gibt also noch eine Ecke in uns, in der wir ihn heimlich tätscheln und hochhalten — den Traummann. Mit unseren täglichen Kumpanen freilich hat er soviel zu tun wie Manna mit Malzbonbons. Damit können die aber leben, auch sie haben ihre Halbschlafpartnerin, die ihnen sacht über die verschwitzte Stirn streicht und sagt: »Ich zieh dir die Schuhe aus, leg dich vor die Glotze, Fußball für dich, und ich bringe dir gleich dein Bier. Die Kinder sind im Bett« oder aber »Nimm mich! Hier, sofort, in der Umkleidekabine!«

Unsere Traummänner sind ein bunter Haufen, sortiert nach Wünschen und Sehnsüchten. Neulich versuchten wir ihnen auf die Spur zu kommen, an einem verregneten Nachmittag vor unseren Margaritagläsern (wir hatten eben Woody Allen und Bette Middler gesehen). Giselas sieht aus wie Bruce Chatwin und ist häuslich und zärtlich bis zum Überdruß, kocht und kann massieren (Gisela lebt allein), dabei immer fröhlicher Laune. Lydia mit den vier Kindern möchte einen Kerl mit eigener Luxuswohnung (Zugehfrau!), er soll viel unterwegs sein, geschäftlich souverän. Wenn er nach guten Abschlüssen heimkehrt, gehört er ganz Lydia, nicht länger als vier Tage am Stück. Er hat Haare auf der Brust. Traute möchte einen Künstler (alle künstlergeschädigten Freundinnen werfen sich Blicke zu), schlank, empfindlich, geheimnisvoll und zu Großem bestimmt. Er schreibt Liebesgedichte — an sie. Sie wird sie tippen und einen Verlag finden für ihn. Traute ist Chef einer PR-Firma, und wir fragen uns, wie sie die Zeit für diesen anstrengenden Galan erübrigen soll. Mechthild möchte die Brüder Karamasow — alle drei, jawohl, sie würde auch nach Rußland ziehen für die.

Im Bett gleichen sich unsere Traumkerle eher. Sie sind erfinderisch, fingerfertig, hingebungsvoll, im rechten Moment unersättlich, im nächsten Moment wunschlos friedfertig. Sie sind große Küsser und mopsgesund. Es erübrigt sich, sie an unseren Alltagsmännern zu messen. Wer weiß, was passieren würde, wenn sie in der Realität aufträten. Erfüllte Wünsche haben so etwas Unheimliches. Wie geht's dann weiter, bitte sehr?

Lore behauptete ja einmal drei Wochen lang, sie hätte ihn gefunden! den Mann ihrer Träume. Wir alle begutachteten ihn. Er war zu phantastisch, um wahr zu sein. Und was Lore von ihm erzählte, trieb uns den blanken Neid in die Knochen. Schier unerträglich waren uns die beiden turtelnden Tauben, und wir alle warteten geradezu mütterlich besorgt und hämisch auf das Ende des Films (er reitet fort ins Abendrot). Nach drei Wochen ging Lore mit ihm nach Venezuela — einfach so, uns fragte sie nicht. Wir warteten und warteten auf Hiobsbotschaften, keine kamen.

Das ist fünf Jahre her, und die beiden haben drei Kinder und machen gemeinsam Dokumentarfilme. Isabell hat sie besucht. Es geht ihnen prächtig, nur Lore sagt, ein schwarzer Jazzpianist, so ein ganz cooler aus Harlem, N.Y., wäre ihr jetzt willkommen… Isabell wüßte schon. Nun, es hat uns nicht überrascht, wir wissen schon, was das Ende der

Märchen in sich birgt: »... und lebten glücklich zusammen bis an ihr Lebensende ...« Das bedeutet unausweichlich den Auftritt verschiedener neuer Sternenkerle, Traummänner, Halbschlafgeliebter und so. Der Fundus ist unerschöpflich.

## Saurer Schweiß

Schwitzen Sie? Ich meine nicht in der Sauna oder beim Joggen, nein, schwitzen Sie »grundlos« sozusagen und unaufhaltsam, wenn es sommerschwül wird, gewittrig, im Auto? im Gartenlokal? in Ihrer Wohnung unterm Dach? oder wenn Sie mit Ihrem Boß telefonieren? Gut so. Ihre innere Body-Air-Condition funktioniert. Der Schweiß ist die Kühlmaßnahme Ihres braven Leibes. Weiter so! Sie lächeln gequält? Ich weiß. Ein riesiger Zweig der Kosmetikbranche lebt davon, uns daran zu hindern, das zu tun, was wir nicht verhindern können: Schwitzen hat heute einen Hautgout, ist nicht gesellschaftsfähig, ist peinlich, wenn nicht geradezu unappetitlich.

Irgendwann vor vielen Jahren tauchte in der Werbung das Wort »Körpergeruch« auf. Ich glaube, fixe Seifenhersteller haben es erfunden. Sie beschrieben es als das, was man selber nicht bemerkt, worüber man sich nur wundert, da die Umwelt Abstand von einem hält, einen keiner umarmt. Selbst gute Freunde wissen nicht, wie sie es einem beibringen können — vor Scham. Feuchte, verräterische Flecken unterm Arm. Man riecht!

Ist es nicht erstaunlich, daß schon die reine Vorstellung zu »riechen« uns neuen Schweiß auf die Stirn treibt? Daß schon die Erwähnung möglichen Geruches, der im menschlichen Körperlabor hergestellt wurde, uns verlegen macht? Gut, wir sind uns alle einig: Frischer Schweiß ist o.k., vor allem bei denen, die erfolgreich schwitzen. Wir lieben es zuzusehen, wie Tennisprofis, Rockstars, Athleten, Tänzer in ihrem Schweiß geradezu baden. Schließlich sind das die Leute, die wir dafür bezahlen, unseres Vergnügens wegen zu transpirieren. Wir haben auch Marlon Brando und De Niro unsere Gunst nicht entzogen, als sie glänzten wie Speckschwarten, von Mickey Rourke ganz zu schweigen.

Wenn Frauen auf der Leinwand schwitzen, bedeutet dies

wiederum anderes. Die Nahaufnahme der beperlten Oberlippe unseres Stars übersetzen wir sofort als Hinweis auf sexuellen Appetit, auf Hingabe, auf selbstvergessene Lust. Man denke nur an die Heldinnen in Tennessee Williams' Stücken, die geradezu tropfend durch die Handlung schlingern — im Unterrock. Es läßt sich nicht verschweigen: Schwitzen kann erotisch wirken, jedenfalls in diesem Fall muß jeder das zugeben. Aber wie ist es in der Realität und in der Öffentlichkeit? Als Frau zu schwitzen hat seine Nachteile. Die dekorative Bemalung gerät ins Rutschen, und nicht nur das: Öffentliches Ausscheiden von Körpersäften steht einer Frau nicht wohl an. Das kommt dem »Tier« zu nahe, das in uns haust. Ich meine, es erinnert zu deutlich daran, daß wir unter unserem Firnis von Zivilisation und Kultur, unter all den Klamotten, Düften und Chemikalien eben »Körper« sind. Körper, die nicht dicht halten, heiß laufen, auf Nervosität und Angst fleischlich reagieren, Körper, die wir nicht unter Kontrolle haben.

Biologisch weiß man ja Bescheid: Neben dem gewöhnlichen »Kühlwasser« produzieren die Körperdrüsen eine Flüssigkeit, die Duftstoffe transportiert, erotisierende, geschlechtsspezifische Duftstoffe, die unserem Gegenüber Botschaften auf Ebenen zukommen lassen, die sich sowohl unserem Bewußtsein als auch unserem Zugriff entziehen. Das ist geradezu unheimlich. Wollen wir uns darauf einlassen? Die Kosmetikindustrie, die uns das Selbstproduzieren jener Düfte abgewöhnen will, drängt uns andererseits schamlos künstlich hergestellte Ersatzdüfte auf. Etwa in Männerparfums, die mit Pheromonen angereichert sind. Frauen, die das riechen, sollen, so hört man, diesen Männern anheimfallen, als habe sie ein Blitz getroffen, und, bitte sehr, der so parfümierte Mann braucht in dieser Sache keinen Tropfen eigenen Schweißes aufzuwenden.

Ich hasse zwar die Leute, die stets nach den guten alten Zeiten greinen, aber wenn ich lese, daß Flaubert seine Geliebte beschwört, sich nicht zu parfümieren — »Das schönste Parfum ist Dein eigener Geruch« —, daß Henri IV. an seine

Liebste schrieb: »Hör auf, Dich zu waschen, ich komme in drei Tagen«, daß Rebecca West H. G. Wells verfiel, weil er »fettig und heimelig« roch, daß Somerset Maugham, laut seiner Herzdame, wenn er schwitzte, nach Honig duftete — dann, ja dann überkommt mich eine leise Wehmut. Wäre es nicht schön, wenn wir unserem eigenen Körper wieder so nahe kämen, ihm seinen Schweiß zu gestatten, ohne irritiert zu sein und ihn hastig mit teuren Aluminium-Derivaten einzureiben? Aus diesem Zeug sind nämlich die ganzen »Deostifte« gemacht.

## Was reden die?

Natürlich ist es nichts Neues, daß Männer eifersüchtig sind. Auch nicht, daß sie auf die guten Freundinnen ihrer Frauen eifersüchtig sind. Neu ist eher, daß sie dies nunmehr zugeben — ja, es stimmt einen geradezu zärtlich.

»Frauen haben keine Freundschaften«, sagte noch vor ein paar Jahren ein Galan zu mir. »Sie formen so etwas wie Notgemeinschaften.« Schlichte Abwehr! erkannte ich schon damals. Heute darf »Mann« sich erlauben, offen eifersüchtig zu sein, und, wie gesagt, ich verstehe ihn. Die fröhlichen Frauenpaare, die in den Kneipen quatschen, trinken und lachen, amüsieren sich — ohne »ihn«. Bedenklich! »Rosa macht sich schön, wenn sie mit Trixi ausgeht«, sagt mein Freund Achim und verdreht die Augen. »Du, die schminkt sich und zupft an sich rum, als ging's zu einem Kerl.« Das ärgert Achim, wozu ist das nötig? »Sie kommt zu nachtschlafender Zeit ganz aufgekratzt und albern zurück«, sagt Guido. »Wenn ich denke, wie muffig sie ist, wenn ich mal etwas länger mit ihr in der Kneipe hocken will.« Und Heiner, der im Nebenzimmer zu lesen versucht hat, neulich, als wieder mal diese »notorische Carola« hereinschneite, fragt sich beunruhigt: »Was haben die bloß zu reden, die reden und reden, und dann röhren sie vor Gelächter, das ist doch abartig!«

Ja, was reden die? Mein Vater, der die Freundinnen meiner Mutter mit stiller Verachtung hinnahm (»Suppenhühner«), behauptete immer, sie redeten einzig von ihren Wehwehchen und von den Kindern. Eines Abends jedoch hörten wir ihn brüllen: »Ich will nicht, daß ihr mich durchhechelt. Mich und die anderen armen Kerle, die mit euch verheiratet sind!« Da liegt der Hase im Pfeffer. Männer haben den fürchterlichen Verdacht, daß sie, ihre Macken, ihre Maße, ihre Manieren und ihre Männerungereimtheiten das einzige Thema bilden, über das zwei lachende Frauen sich austauschen (sogar wenn sie rasch zusammen aufs Klo gehen). Ist das nicht rührend? Da zeigt sich doch, daß das Selbstgefühl der Herren im Grunde ungebrochen ist, jedenfalls was die Vorstellung betrifft, daß Frauchen hypnotisiert, wie ein Planet um die Sonne, um den Sonnenkönig ihres Lebens kreist — und so soll es auch bleiben!

Die Bündlerei unter Frauen kommt einer Verschwörung gleich und könnte womöglich zum Staatsstreich führen. Ständige Vorsicht ist geboten. Aber das ist nicht alles. In vielen zurückgelassenen Herren bohrt auch der Neid. Die Vertrautheit, die zwei Frauen miteinander haben, die Offenheit, mit der sie über ihre Probleme sprechen, der Trost, den sie empfangen, all das ist in Männerbünden rar — das hat sich mittlerweile auch bei den abgebrühtesten Stammtischbrüdern rumgesprochen. Wo dort ein markiger Schlag auf die Schulter, ein forscher Spruch verabreicht wird, wenn der »Kumpel« durchhängt, weben Frauen feine Unterstützungsnetze füreinander, die, stark belastbar, sogar monatelanges Liebeskummergejammere und dergleichen aushalten können. Das klingt nun so, als hätte die angebliche »Notgemeinschaft« doch ihr Wahres. Hat sie auch! Aber bei Gott nicht nur, und das ist der dritte Punkt, der so manchen Mann schmerzt. Frauen sind in der Lage, sich gemeinsam in einer Weise zu amüsieren, anzuregen, zu fördern und zu informieren, die jedem dabeisitzenden Herren Hören und Sehen vergehen lassen könnte. Das Interesse an den umsitzenden Männern erlahmt. Es sieht für einen Beobachter so aus, als wären die Damen in ihrem Lustgewinn gänzlich unabhängig von den Zuwendungen des um sie her äugenden Mannvolkes. Das ist erschreckend. Früher hatte ein Mann das Gefühl, daß er, wenn er an einen Tisch von Frauen trat, begrüßt wurde wie der Engel Gabriel, der endlich den Abend lohnenswert aufblühen ließ. Er war sich dieser Rolle wohlbewußt und genoß es, daß man um seine Gunst wetteiferte und jeglicher andere Plausch am Tisch erstarb. Die Zeiten sind vorbei.

Nie werde ich das Gesicht meiner Freundin Gitta vergessen, als ihr Liebster uns zum zweitenmal in irgendeiner Kneipe aufstöberte und sich, mit bescheidenem Triumph in der Miene, zu uns gesellte. Wir haben ihn damals mit großer Herzlichkeit bei uns aufgenommen. Wir Frauen sind obendrein noch tolerant. Aber haben Sie schon mal einen Männerabend erlebt, bei dem Sie als spät hereingeschneite Freundin freudige Überraschung auslösten? Ich nicht.

Liebeskummer, lese ich, ist eine Krankheit. Wem sagen Sie das. Kassen sollten die therapeutische Behandlung zahlen? Also, das sehe ich ehrlich gesagt noch nicht; wenn man bedenkt, was Kassen sonst alles nicht zahlen, werden sie den Teufel tun, sich auf ein in seiner ganzen Vehemenz doch recht schwer diagnostizierbares Leiden einzurichten.

Man muß sich das vorstellen, man muß die Liste der Symptome im Geiste aufrollen. Appetitlosigkeit? Schlaflosigkeit? Lebensüberdruß? Dafür gibt's doch Pillen an jeder Ecke. Das Herz tut weh? Ja nun, beweisen Sie das mal. Nicht jeder kann mit Hautausschlägen und Haarausfall aufwarten, und wer ist in diesem Zustand schon eloquent genug, um glaubhaft zu machen, daß es sich um Alarmstufe drei handelt? Haben Sie schon einmal versucht, bei Liebeskummer langfristige Zuwendung aus Ihrem Freundeskreis zu pressen? Na also! Haben Sie schon einmal wochenlang, ohne zu murren, das Lamentieren eines Liebeskummerkranken hingenommen?

Gerade bei solchen wirklich grausigen Leiden ist sogar der liebevolle Mitmensch erstaunlich abgestumpft und hat leicht das Wort »selber schuld« auf der Lippe. Warum? Nun, entweder schleicht er selbst schon jahrelang ohne Liebeswallung durchs Leben und beneidet einen insgeheim sogar um die Schmerzen eines solchen Zustands, oder aber er weiß nur zu genau, um was es geht, und sieht nicht ein, daß dieser frisch getroffene Waschlappen sich nicht, wie er selbst damals, am eigenen Schopf aus der Misere zieht. Er hat schließlich damals nebenher an seiner Doktorarbeit geschrieben oder vier unmündige Kinder versorgt. Liebeskummer wird schlechthin als Luxusleiden angesehen, wenn auch nur im geheimen. Der Schmerz um den Verlust eines anderen Menschen und das, was er auslöst in unserem Nachbarn, macht uns fürchterlich angst, denn bei jeder frisch begonnenen Liebe steht auch diese böse Fee am Bett des neugeborenen Liebessäuglings. Das verdrängen wir natürlich. Um so peinlicher trifft uns der maßlose Jammer dessen, den es erwischt hat.

Doch seit der Romantik und ihrer Verklärung der großen Liebe fällt es uns Abendländlern schwer, diesen heiligen ekstatischen Zustand in die Reihe seelischer Gebrechen einzuordnen. Ich bitte Sie, stellen Sie sich vor, Anna Karenina auf der Couch eines russischen Seelenarztes: »Sie müssen lernen, Ihre Bedürfnisse durchzusetzen, Frau Karenina, Sie müssen an Ihre Wut heran, das ist wichtig.« Oder wie wäre es mit Tristan und Isolde, die sich überlegen, ob sie nun König Marke mitnehmen sollen zur Partnerberatung oder nicht. Lanzelot, der eine Männergruppe besucht und dort berichtet, er könne Ginebra eben nicht ganz glauben, daß mit König Artus nichts mehr läuft im Bett. »Sie muß sich von Artus lösen«, murmeln die Gruppenmitglieder, »wie soll sie sonst erwachsen werden, er ist ein Vaterersatz!« Bei Romeo und Julia hätte wohl eine Familientherapie am besten angeschlagen (alle, Capulets und Montagues — sämtliche Vettern und Tanten). Selbst der Trojanische Krieg hätte womöglich verhindert werden können, wenn ein guter Freudianer dem pubertären Paris klargemacht hätte, daß es sich bei seiner Gier nach der schönen Helena um eine ödipale Neurose handelte. Und hätte Carmen sterben müssen, wenn es bei der spanischen Miliz einen guten Truppentherapeuten gegeben hätte, dem José vertraut hätte? »José, wenn Sie sich weiter weigern, Ihre Trauerarbeit zu erledigen, wird das schlimme Folgen für Ihre Psyche haben!«

Sie sehen, auch bei meinem Hang, die komische Seite einer Sache zu beleuchten, kann ich mich der Tatsache nicht verschließen, daß allenfalls professionelle Hilfe von Fall zu Fall zu erwägen sei. Die großen Liebespaare der Weltgeschichte sind ja so tief in unseren Herzen eingebettet, weil ihre Geschichten immer glorifizierte Prototypen unseres eigenen Erlebens sind. Die Sache ist nur die, fürchte ich, wir wollen uns das glorifizierte Phänomen der Liebe eben einfach nicht ausreden lassen. Wir hängen rührend an allem, was sie mit sich bringt, auch an den Leiden, und deshalb am Ende auch an dem, was sie aus uns macht: vielleicht einen Gott oder vielleicht eine Bestie.

## Wohnung übersommern

Ich lese, daß es nun möglich ist, Leute zu mieten, die im Sommer in der verlassenen Wohnung hausen, der Einbrecher wegen. Aufschlag für Tier- und Pflanzenpflege! Unsereins benutzt für dergleichen immer noch die Freunde, aber das hat seine Tücken, denn gerade die, die nicht seßhaft werden sollen, liegen alsbald im Bett des Urlaubsreisenden, und meist nicht allein, während die, von denen man wünscht, daß sie abends das Lämpchen im Schlafzimmer anknipsen sollen (der Einbrecher wegen — eben), dem fremden Getöse der fremden Straße nicht gewachsen sind und nur alle vier Tage reinschaun. Was einem am Strand die Haare aufrichten würde, so man es wüßte. Aber was soll man tun?

Pflanzengießer teilen sich in mehrere Gruppen: Die wild düngenden — sie wollen einem beweisen, daß die grüne Hölle unter ihrer Hand wuchert wie ein Dschungel. Die Düngeverweigerer: »Ich kann mit diesem Meßbecher nicht umgehen.« Die Totgießer — Ringe auf dem Parkett, faulende Bananenblätter — und die Frei-nach-Schnauze-Gießer, Verlustrate 40%. Meerschweine, Hamster und Goldfische sind Stoiker und überleben meist den Urlaub ihrer Herrchen und Frauchen ohne sichtbaren seelischen Schaden. Aber Katzen?

Mein Freund Christian macht jeden Sommer eine Diätkur mit den drei fetten Katzen seines Verlegers, unaufgefordert, die Katzen hassen ihn. Er findet fette Katzen unästhetisch, der Verleger glaubt, seine Lieblinge hätten das Futter verweigert aus Gram ob seiner Abwesenheit.

Schlimmer ist es, wenn man wie ich zwei Katzen verliert, weil sie ausgebüchst sind unter der Hand des Pflegepersonals.

Sind sie noch da, wenn man heimkommt, lassen sie es einen fühlen, daß man sie hat sitzenlassen. Grauli pißte mir dreimal aufs Kissen. Lulu kannte mich drei Wochen nicht mehr. Geschieht uns recht.

Der gute Hauswart stapelt die Post auf, führt eine Liste von eventuellen Anrufen, holt Pakete ab und sorgt dafür, daß Leberwurst und Bauernbrot im Kühlschrank warten, wenn man aus Griechenland zurückkehrt und nach diesen Genüssen giert. Auf keinen Fall feiert er Feste auf dem Balkon, stellt Abfall vor die Tür und dreht den CD-Player auf Maximum. Aber so ein guter Hauswart hat seinen Preis. Das Überreden vorher mag ja noch hingehen. Ein Mitbringsel aus dem Urlaubsland ist selbstverständlich, dazu mehrere Stunden Klagen über die Unzulänglichkeiten der Küche, über die Matratze, den Recorder, den Duschkopf.

Man kommt sich sowieso wie ein Schwein vor, wenn man braun und erholt hört, daß der Einmieter drei Wochen Regen hinter sich hat und einen Wollspinnenbefall der Pflanzen. Aber mehr als das schlechte Gewissen schwächt einen das Wissen, daß man diesem guten Menschen nun einige Gefälligkeiten schuldet. Das Auto leihen, Wein mitbestellen und, der Herr bewahre uns, nächsten Sommer auf seinen neurotischen Köter und seine halbtoten Schildkröten aufpassen.

Vielleicht sollte man es sich doch überlegen, ob man fremde Leute gegen Bares in die Wohnung setzt. Aber plötzlich wird man knickerig, lohnt es sich? Man hat keine Perser, keine Silberschüsseln, und der Fernseher ist sechs Jahre alt. Und schon wieder zieht Charly in die leere Sommerwohnung, das ist der, der alle Vorräte auffrißt, den Wein austrinkt, alle T-Shirts trägt und dessen Freundin im letzten Jahr im Bad gebatikt hat und diese fürchterliche Allergie vom Blumendünger bekam. Leute, die nicht auf ihren Urlaub verzichten können, zeitigen eben eine eigenartig lässige und emotionsarme Haltung der Wohnung gegenüber. Nichts wie weg und nach uns die Sintflut. Da darf man sich dann nicht wundern.

## Liebe geht durch den Magen

Ein verliebter Mann umbalzt eine Frau. Die Frau ist nicht abgeneigt und faßt ihn ihrerseits ins Auge. Sie reagiert, wie wir wissen, auf mannigfaltige Signale, die er aussendet und die ihn, je nachdem, qualifizieren oder ins Out manövrieren können. Da sind selbstverständlich optische Reize (der Schwung einer Oberlippe, die Farbe eines Auges), akustische Botschaften (die Tonlage und das Timbre einer Stimme), sinnliche Eindrücke (Wie riecht er? Wie warm ist seine Hand?), aber das ist nicht alles. Eine Frau, die dabei ist, sich mit einem Mann einzulassen, nimmt wie ein Seismograph alle nur erdenklichen Details ihres Galans auf und speichert sie auf ihrem inneren Computer. Was hat er an? Wie lacht er? Wie bewegt er die Hände? Wie zündet er sich eine Zigarette an? Wie nähert er sich dem Objekt seiner Begierde?

Da sich, statistisch gesehen, die ersten Antastversuche einer kommenden Affäre meist in Restaurants oder womöglich am häuslichen Herd und Tisch abspielen (und nicht in einem Boot auf dem Stadtgraben oder unter einem blühenden Pflaumenbaum in glitzernder Bergwelt, wie es uns die Filme glauben machen wollen), lohnt es sich, die kulinarische Seite dieses Unternehmens und alle Aspekte, die daran grenzen, genauer unter die Lupe zu nehmen. Essen und Trinken haben ja einiges mit dem angepeilten erotischen Endergebnis zu tun. Der Volksmund spricht davon, daß man jemanden zum Fressen gerne hat, sich jemanden einverleiben will, Küsse trinken möchte, nach jemandem hungert und so fort. Liebesleute nennen sich »mein Süßes«, »Zuckerschnute«, »Gummibärchen« oder »Honey«, um einmal die einfachsten Bilder erotischer Gefräßigkeit aufzuzählen. Gewiß könnte man, dränge man tiefer in dieses Grenzgebiet der oralen Lustbarkeit vor, noch weitaus schlüssigere und gewagtere Vergleiche aufzählen, aber das versagen wir uns im Augenblick. Wenden wir uns den zu prüfenden Herren zu, die gewogen und als schwer genug erkannt werden sollen auf der Waage ihrer Herzensdame. Es geht um die Präliminarien. Noch sind wir weit davon entfernt, an eine Ernte von süßen Früchten zu denken, vom Einmachen derselben ganz zu schweigen. Werden wir also konkret!

»Er kam aus der Küche, mit zwei gefüllten Rotweingläsern auf einem Tablett«, sagt Ariane und verzieht vorwurfsvoll den Mund, »also, da wußte ich Bescheid«. Wir alle wiegten die Köpfe und tranken von unseren Margaritas. Ariane, die eine große Weinkennerin ist und sich viel darauf zugute hält, wollte selbstverständlich die Flasche sehen, ehe sie trank, so erklärte sie uns das. »Wie war denn die Temperatur?« versuchte Gisa sie abzulenken. Gisa fand das Ganze nicht gar so diffamierend wie Ariane. »Weiß ich nicht«, sagte Ariane kurz angebunden, »ich bin heimgefahren.« Das schien uns nun allen etwas harsch, ja nun, jeder hat seine Macken. Gisa fand viel schlimmer, daß ihr Erwählter beim ersten Kinobesuch eine ganze Badewanne von Puffmais in sich hineinschaufelte und daß sie später eins der weißen Wölkchen in seinem Unterhemd fand. »Das hatte er gar nicht bemerkt, läßt das nicht auf mangelnde Sensibilität schließen?« rief sie. Wir fanden das nun eher komisch. »Ich hasse den Geruch von Puffmais«, stöhnte Gisa, »und das Geräusch, wenn jemand neben mir Puffmais mampft... da vergeht mir alles.« Danach wandte sich das Gespräch den Gerüchen zu. Wir waren uns ziemlich einig, daß kalte Gasthausluft in Männerkleidern der Libido empfindlich schadet, auch bei rohen Zwiebeln, Heringen und Wienerwaldhendln gingen wir konform, nur beim Knoblauch divergierten wir etwas. Kiki fand, ein leichter Knoblauchduft wäre überaus anziehend. Kiki hat immer schon einen exotischen Geschmack gehabt, sie behauptet auch, es sei das Höchste, einen Mann zu küssen, der eben einen affenscharfen Curry gegessen hat.

Wir alle lachten herzlich über die Kaugummireklame im

Fernsehen – Zwiebel, von Pfefferminz überlagert, kann die heißeste Frau abkühlen. (Ich hoffe, Sie spitzen die Ohren, meine Herren.) Zahnstocher? Nicht vor der Liebsten! Auch nicht die prüfenden, leicht saugenden Geräusche, wenn man erkundet, ob man vielleicht aus eigener Kraft die Fleischreste aus den Backenzähnen pulen könnte. Überhaupt – die Mundgegend beim Vorspiel, das von Nahrungsaufnahme begleitet wird, ist ein äußerst delikates Territorium. Nichts turnt mich so ab wie ein Tropfen oder ein kleines Nahrungspartikel, das an den Lippen oder dem Bart hängengeblieben ist. Der Mann, der trinkt, ohne sich vorher den Mund abgewischt zu haben, und einen Fettrand am Glas hinterläßt, treibt mir die Gänsehaut über den gesamten Körper, der Mann, der mir beim Lachen erlaubt, in das noch gefüllte Mahlwerk seiner Mundhöhle zu blicken, kann mich vergessen. Ich gebe zu, später, wenn die Sache auf ein vertrauliches Niveau abgesunken oder aber angestiegen ist, bin ich weniger pingelig mit dergleichen. Mein Freund Bodo, mit dem ich nächtelang vor der Glotze lag und lachte, durfte sein mit Erdnüssen gefülltes Maul schon mal aufreißen, das tat ich übrigens auch. Wir sahen, so erinnere ich mich, Loriot und seine wandernde Spaghetti-Dekoration. Wer das gesehen hat, der überlegt sich sowieso, ob er am ersten, noch zarten Anbandelabend Spaghetti bestellt.

Zurück zu den Erdnüssen. Da bin ich geradezu apodiktisch. Ein Mann, der mich aufs Sofa setzt, den Wein holt (in der Flasche) und sich dann anschickt, in verschiedenen Behältnissen Erdnüsse, Salzstangen und Chips vor mir aufzureihen, der hat meine Sympathie verscherzt. Gibt es etwas Popligeres, Unerotischeres und Muffigeres als dieses Knabberzeug? Jeder Käsebrocken mit Messer, jede aufgeschnittene Tomate, jede Dose Ölsardinen könnte mich hinreißen, nur nicht das Knistern von diesen ekelhaften Plastiktütchen und ihr trockener, in Baumwollsamenöl verbrutzelter Inhalt. Sie finden mich anspruchsvoll und zickig? Mag sein. Aber ich sage Ihnen, ein Mann, der ein Gespür für Nahrung hat, ein sinnliches, ein Mann, der kocht, der hat mich fast schon gewonnen. Dabei kommt es mir keinesfalls auf irgendein ausgefallenes Heckmeck an. Schon ein Mann, der gute, wirklich gute Spiegeleier brät (außen ein knuspriger Rand, das Eidotter noch weich, aber mit einem zarten weißen Häutchen überzogen), hat gute Chancen bei mir. Ja, wenn er dann auch noch den Salat ordentlich trocknet, ehe er ihn anmacht, wenn er exzellentes Öl verwendet, wenn er womöglich weiß, wie man einen Lachs pochiert und eine Soße rührt, dann kann ich fast für nichts mehr garantieren.

Aber auch hier kann man vom rechten Weg abkommen, meine Herren, das beweist die Geschichte meiner Freundin Beate. Sie hatte Kilian bei einer James-Joyce-Lesung kennengelernt, und beim angeregten Geplauder über die Gefräßigkeit und Naschhaftigkeit dieses Autors kamen sich Beate und Kilian näher. Es knisterte. Kilian deutete bescheiden an, daß er gastronomisch nicht ungeschickt sei, und lud Beate zu einem kleinen Liebesmahl zu sich nach Hause ein. (Beate kaufte sich diesen teuren schwarzen Body-Stocking und ein Parfum, das »Ekstase« hieß oder so ähnlich.)

»Zuerst hat er mir die Küche gezeigt und alle, aber auch alle Geräte, die diese Küche in sich barg«, so hörten wir später von Beate. »Der Champagner aus dem Weinkeller irgendeines französischen Abgeordneten, der jedes Jahr nur hundert Flaschen produziert, war wunderbar. Dann haben wir gegessen. Es gab drei verschiedene Vorspeisen, dann Fleisch, dann Fisch, dann Sorbet, dann Krustentiere, Salat, Süßspeise, Käse, Mocca, Pralinen, dazu verschiedene Weine.« – »Wie göttlich«, riefen wir, »bitte sag uns ganz genau, was es gegeben hat.« Beate musterte uns mit kaltem Blick. »NEIN«, sagte sie, und dann fing sie an zu lachen und endete in einem Weinkrampf. Als sie sich etwas beruhigt hatte, gelang es uns, ihr zu entlocken, daß Kilian, der die ganze Zeit schwitzend zwischen Küche und Tisch gependelt sei, jedes Gericht bis zum letzten Senfkorn erklärt und den genauen Werdegang jeder einzelnen Zutat beschrieben hatte (»das Huhn aus Bresse, praktisch vom Ei an«, rief Beate). Danach hatte er das beschrieben, was er selbst mit dem Material getrieben hatte. Schließlich, so hörten wir, mußte Beate sich äußern — lobend, versteht sich. Sie konnte ihn zwar zu später Stunde davon abhalten, ihr alle Rezepte aufzuschreiben, aber als er dann neben ihr im Bett lag, schlief er einfach ein.

Beate geht seit neuestem auf Vernissagen, sie glaubt, daß Maler sich weniger für die feine Küche interessieren und eher zur Sache kommen. Wer weiß?

Dem Himmel sei Dank, daß es Lokale gibt, werden Sie, meine Herren, nun seufzen. Nicht jedem ist es gegeben, der Dame seines Herzens gleich zu Anfang seine geniale Begabung am Kochtopf darzulegen. Aber Vorsicht, auch hier lauern Fallstricke. Schon die Auswahl des Lokals bedarf eines gewissen Fingerspitzengefühls. Nicht zu laut, nicht zu voll, nicht zu eng, nicht zu »in«, nicht zu protzig, nicht zu volkstümlich, nicht zu üppig, nicht zu spartanisch — und Sie, meine Herren, müssen sich auskennen in der Zunge des jeweiligen Landes, sonst wird der Abend kein Erfolg. Marlene zum Beispiel, der ein Anwärter auf ihre Gunst aus Unkenntnis in einem japanischen Restaurant einen ganzen rohen Octopus bestellte, dazu gegorene Sojabohnen, entzog ihm vorschnell ihre Zuneigung. (Bei einer japanischen Dame hätte ihn womöglich ebendieser Octopus direkt in Herz und Bett getragen.)

Wir Frauen lieben auch Männer, die, ohne daß es peinlich oder arrogant wirkt, die zu kalte Suppe zurückgehen lassen, den korkigen Wein, wir lieben Männer, die ihren Fisch (und womöglich auch unseren) elegant zerteilen können und die beim Essen auch mal schweigen, um zu genießen, und uns nicht wie ein Maschinengewehr ständig mit Gesprächssalven traktieren. Wir lieben Männer, die uns, während sie eine Erdbeere in den Mund schieben, einen sehnsüchtigen Blick zuwerfen und die lachen, wenn uns das Lachsklößchen von der Gabel in den Ausschnitt rutscht.

Ich brauche hier nicht die alte Weisheit wieder aufzuwärmen, daß ein Mann so liebt, wie er ißt. Aber bitte seien Sie auch freundlich zum Kellner, und tun Sie uns die Freundlichkeit, nicht gierig nach Frauen an anderen Tischen zu äugen, das bringt unsere gastrischen Säfte zum Versiegen.

Später, ich weiß, später werden Sie das alles womöglich vergessen und sich wieder aufführen wie ein haariger Büffeljäger aus einer Höhle, aber dann sind Sie ja wohl auch dem Gegenstand Ihrer Leidenschaft schon etwas nähergekommen, und dieser ist geneigt, Ihnen einiges nachzusehen.

Kluge Männer aber, das sei hier gesagt, tun so, als sei es immer das erste Abendessen zu zweit, und ich habe mir sagen lassen, sie fahren gut dabei.

Was macht das Reisegepäck wirklich schwer? Schon richtig! Die drei Kilogramm Sonnenschutzmittel, Aftersun und Sun-blocker, die heutzutage unausweichlich mitreisen müssen (Produkten im Ausland ist nicht zu trauen!). Aber ich wollte an sich auf etwas anderes hinaus. Was wirklich wiegt, auf der Schulter, sind die Bücher, die für den Leser-Junkie auf der Reise so unerläßlich sind wie die Antihistamine für den Allergiker oder das Schlangenserum für den Urwaldforscher.

Von der Menge her nimmt der geübte Reisende eher zuviel als zuwenig mit, da sich eventuell einige Bücher als Nieten erweisen können. Taschenbücher werden aus Gewichtsgründen bevorzugt, bieten aber selten das beruhigende Gefühl einer sich lang hinziehenden und ungestörten Leseorgie, wie sie die berühmten »Schinken« versprechen. Das sind eher Häppchen, die man rasch zwischen Schwimmen und Einölen verschlingt. Haps und weg.

Gut ist es, sich mit dem eventuellen Reisekumpan schon vor der Reise abzusprechen, um einen Austausch zu ermöglichen. Und da bereits, im Vorfeld der wahren Aktion, zeigt sich, wes Geistes Kind man ist. Wird man sich dieses Jahr eher intellektuell oder eher frivol am Strand geben (Fachbuch, Klassiker, kein Krimi, keine Schnulze!), wird man sich auf der Hotelterrasse in Leinenbände vertiefen (saubere Hände sind Voraussetzung) oder in einem bunten, bereits klebrigen Heftchen blättern, dessen Seiten der Wind davonträgt, sobald man sie gelesen hat, weil man dem Büchlein schon beim ersten Kapitel das broschierte Kreuz gebrochen hat? Mitreisende, die »alte Freunde« noch einmal aufarbeiten wollen, sind für den nach Neuem Lechzenden eine Qual. Denn auf einen fetten Band Proust hat man selbst im Moment womöglich keinen Appetit. Ärgerlich, wenn beim Lesen dieses wissende, madeleinensüße Lächeln auf den Zügen des Mitreisenden aufleuchtet, während man selbst, obgleich man oft und pointiert auflacht, keine Gelegenheit erhält, das Fäkalattentat auf den afrikanischen Potentaten zu beschreiben — immerhin drei Kilogramm Kot in einer Tüte —, von dem man selbst gerade gelesen hat.

Es gibt ja auch Menschen, die, wenn sie in eine bestimmte Gegend reisen, akribisch ihre Lektüre nach diesen Gesichtspunkten aussuchen. Italien? Italiener! Und zwar möglichst welche aus der Gegend, dazu Historisches und Kulturgeschichtliches über das Umfeld. Sie studieren sozusagen und halten einem kleine Vorlesungen, während man selber gerade bei einem Sklavenaufstand in den Südstaaten weilt und sich nach einem Glas »Southern Comfort« sehnt. »Der Wein hier, übrigens, erhält seinen herben Geschmack von den zwischen den Reben gepflanzten Zypressen...« Ach wirklich?

Ärgerlich jedoch, und da sind sich alle einig, sind die »genialen Reiser« — so nennen sie sich selbst —, die alles, was sie brauchen, eine halbe Stunde vor Abfahrt zusammentragen: Sie erweisen sich am Urlaubsort meist als miserabel ausgerüstet und schielen alsbald nach den Büchern des Mitreisenden. Nun ist es nicht jedermanns Sache — meine schon gar nicht —, neue Bücher durch einen anderen deflorieren zu lassen. Ich hasse es auch, wenn mir jemand täglich versichert, das Buch, das er gerade lese (mein Buch!), sei famos und würde mir sicher gefallen. Auch die lieblose Frage, wie lange man denn nun noch an diesem mageren Sciencefictionbändchen zu kauen gedenke, ehe man es weiterreichen wolle, stört die Urlaubsharmonie. Natürlich kann man sich auf solche Leute als Zulieferer in keiner Weise verlassen. Harmonie im Urlaub bedeutet aber lange Stunden, in denen jeder für sich zufrieden wie ein Säugling an einem mitgebrachten Buch nuckelt.

Selbstverständlich kennt jeder Lesefreak die katastrophale Situation, etwa nach mehreren Nieten im Gepäck ohne Lesestoff zu stranden, auf einer griechischen Insel z. B., weit weg vom Zeitungskiosk in der Hotelhalle. Ich habe schon lange, beschwerliche Busexpeditionen unternommen, um demütig in den Secondhandhaufen irgendeines Souvenirladens zu wühlen. Meist englisch besser bestückt als deutschsprachig. Der Deutschleser liest im Urlaub offenbar sehr genormt. Ich gehe nicht weiter darauf ein. Gelegentlich jedoch bin ich fündig geworden. Ein Gefühl wie beim Schürfen nach Gold. Auf Kreta etwa Tschechows gesammelte Erzählungen, auf Sardinien drei fast neue Vonneguts. Die Menschen, die diese Bücher zurückließen, hatten wahrscheinlich noch immer einen Hexenschuß von der Anreise mit dem schweren Koffer. Sie warfen Ballast ab. Ohne Rücksicht. Denn eigentlich läßt man an Büchern nur den Schrott zurück, wenn man abreist. Das erklärt auch, warum in den Häusern von Freunden, die man als Gast bewohnen darf, meist ein eigenartiges Sammelsurium von Büchern lagert. Oft bin ich auf den ›Herrn der Ringe‹ gestoßen, auf Endes ›Momo‹, auf ›Die Nebel von Avalon‹. Wahrscheinlich gibt es Augenblicke des totalen »Coldturkeys«, in denen man sich dann auch so was reinzieht. Der Herr der Lesefreuden im Nebel des Olymps möge uns beistehen! Natürlich kennt man Leute, die vier Wochen lang genügsam an einem trockenen Reiseroman knabbern. Das sind aber dann die, die immer reden wollen und einen bei der knisterndsten Liebesszene, an der man gerade Anteil nimmt – der Held hat die Heldin, die im Korb eines Lastkrans festhängt, soeben, um sein Leben kletternd, erreicht –, fragen, ob man sich schon Gedanken über das Abendessen gemacht hat.

Das andere Extrem sind jene Männer, die nie mit zum Strand gehen, weil sie zehn Bücher durchzuackern gedenken in zwei Wochen. Das jedoch kündigt stets den Verfall einer Beziehung an. Ich weiß, was ich sage. Diese zwanghaften Leser lesen auch abends im Bett, bis man selbst ungeküßt eingeschlafen ist – und ohne Rücksicht auf die vom Licht herbeigelockten Mücken.

Gelobt sei der Urlaub, mit den richtigen Büchern und den richtigen Begleitern, die auch die richtigen Bücher bei sich führen. Deren Bücher allerdings sollten aus einer ganz anderen Ecke kommen und für einen selber deshalb eine freudige Offenbarung darstellen.

Solche Begleiter sind meiner Erfahrung nach auch gute »Einöler«, lustvolle »Esser« und geduldige »Zuhörer«. Abends lesen sie einem dann auch die richtigen Wünsche von den Augen ab, dazu brauchen sie kein Licht (auch sie hassen Mücken).

An ihren Lesegewohnheiten, an ihren Büchern sollst du sie im Urlaub erkennen!

Sie wissen nicht, was eine Birkenstocksandale ist. Ich wußte es lange auch nicht. Markante Fußbekleidungsstücke hat es von jeher gegeben, sozusagen Glaubensbekenntnisse einer bestimmten Weltsicht, da hatten wir die Dr.-Scholls-Holztreter mit plastischem Fußbett, die zähen Turnschuhe Adidas, Puma und Nike, die unverwüstlichen Roots, die wiederauferstandenen Cowboyboots, und heute eben diese bescheidene Gesundheitssandale, die die in meiner Kindheit noch stark gefragte Kneippsandale vom Sockel gedrängt hat. Zum erstenmal hörte ich von ihr sprechen, es mag vier Jahre her sein, als eine langweilige Redakteurin noch langweiliger von ihrem Urlaub auf Zypern berichtete, bis sie zum Höhepunkt kam. »Eine Schlange in meiner Birkenstocksandale, gleich morgens auf nüchternen Magen.« Damals ließ mich diese Bezeichnung kalt. Die Redakteurin war eine von denen, die sowieso immer ganz detaillierte Auskunft über die Marken ihrer Konsumgüter geben, über ihre Bleyle-Pullover, ihre Fissler-Töpfe, ihre Bioland-Kosmetik. Alles nicht von jener anmachenden Sorte, die einen dazu nötigt, heimlich im Kopf Notizen zu machen, um sich ähnliches zu kaufen. Aber das sollte sich ändern, meine Freundin Bea, eine Schuhfetischistin ersten Ranges, wurde durch einem gebrochenen Fuß von ihren hohen Stöckeln herab und in ein paar biedere, wenn auch giftgrüne Treter gezwungen. Birkenstock! Am Hafen von Neapel flüsterten Passantinnen mit einem Blick auf ihre Füße »Birkenstock — che bello.« In Sizilien sagte eine Frau mit ähnlichem Schuhwerk etwas spitz zu ihrem Mann (er trug noch die völlig überholten Schaumgummi-Pfannkuchen): »Birkenstock, mein Lieber, auch hier!« Bea lebte auf, betrachtete ihre Sandalen mit weniger Abscheu und ging soweit zu behaupten, sie laufe wie auf Wolken, trotz schmerzendem Fuß. Spätestens jetzt horchte ich auf, ich, die ich immer ein

Ohr für Trendumwälzungen hatte, schämte mich beinahe, weiter mit meinen chinesischen Samtschühchen herumzugehen.

Im Buch, das ich im Urlaub mitführte, wurde schon auf der dritten Seite ein begabter Maler mit seinen »Birkenstocksandalen« lebensphilosophiemäßig erfaßt. Da stand es im englischen Text: »his scuffed Birkenstocksandals«. Wieder zu Hause, ging ich los und schob im Laden meine Füße in mehrere der erwähnten Sommerschuhe. Beim Gehen das Gefühl von Kindergarten, beim Betrachten der Eindruck einer Ente, beim Preis der Schrecken von Louis Jourdan. Die Verkäuferin lächelte milde. »Einmal damit angefangen, und Sie ziehen nichts anderes mehr an« — großer Gott!

Bea hat sich nach dem Abschwellen ihres Fußes ein paar giftgrüne hochhackige Satinpumps gekauft. Was mich irritiert, ist, daß die dieselbe Farbe haben wie ihre einstigen Invalidenkollegen. Ist das ein Versuch von Beas Seite, sich der Leidenschaft zu entziehen, den Teufel mit dem Beelzebub auszutreiben? Gibt es Winterversionen von Birkenstock? Ich habe nicht gewagt nachzufragen.

Aber der Siegeszug dieses Schuhs scheint unaufhaltsam. In der ›Titanic‹ finde ich gestern einen »evangelischen Friedensschnauzer« — ein bläuliches, unproportioniertes Tier. »Serienmäßig angezüchtete Birkenstockschuhe«, lese ich unter der Zeichnung, und wahrhaftig, er trägt welche, wenn auch in Auberginenlila.

Es gibt Dinge, die schieben sich so unauffällig ins Leben eines Menschen, daß er erst aufschreckt, wenn es zu spät ist. Vor dergleichen muß man sich schützen. Ich warne schon heute! Wer weiß, was dieses Schuhwerk mit dem anstellt, der es trägt. Ich glaube, ich werde meine ganze Kraft brauchen, um zu widerstehen.

Herren tragen sie übrigens meist mit Socke und kurzer Hose. Kurze Hosen sind auch diesen Winter modisch angesagt, am Abend. Vielleicht eine Birkenstocksandale mit Straß besetzt dazu? Abgründe tun sich auf.

## Der Mann von Frau »Soundso«

Gestern erzählte mir jemand, er habe in Berlin einen Professor getroffen, der sich als der Mann einer berühmten Cartoonistin vorstellte. Nicht etwa bitter, sondern mit einem Augenzwinkern. Diese Haltung ist neu. Raunte mir vor ein paar Jahren noch eine erfolgreiche Buchhändlerin ins Ohr: »Ich lebe mit Schnör« (Villa-Massimo-Stipendium, PEN, Lesungen im In- und Ausland), um Auskunft über ihre Kompetenzen zu geben, hat sich heute einiges verändert. Alle jedoch erinnern sich an die Zeiten, wo am Stammtisch und vor allen weiblichen Ohren eine Frau wohlwollend taxiert wurde mit Sätzen wie: »War doch jahrelang mit Heizer verheiratet, dem hat sie dann allerdings Bordansky abgejagt, und jetzt höre ich, sie hat's mit Pit.« Pause. »Du weißt schon, der, der dieses Jahr auf die Biennale kommt!« Auch ich hatte vor Jahren einen Freund, der auf die Frage »Was macht *sie* denn?« (ich! daneben sitzend) allen Ernstes antwortete: »Sie ist eine tolle Frau.« Er hatte schon einen Namen als Bildhauer, ich, als Schreiberin, mühte mich noch, kroch in den Feuilletons herum und übersetzte, das war nicht erwähnenswert, die tolle Frau war erwähnenswert, nämlich seine, die, die *er* erbeutet hatte.

In dem Film ›New Yorker Geschichten‹ neulich sah ich die erste Episode mit Entzücken und Grauen. Der berühmte Maler, der seine jungen Studentinnen zur Steigerung seiner Schaffenskraft aussaugt wie die Orangen, sagt zu seiner schönen blonden Muse, die abspringen will: »Wenn du dich mit dem da einläßt, lachen die Leute über dich.« — »Mein Gott«, sagt sie, »ich dachte schon, du sagst, sie lachen über meine Bilder.« — »Das andere wäre doch viel schlimmer«, sagt er. Da beschließt sie, ihn zu verlassen.

Natürlich weiß man bis zum »geht nicht mehr«, daß Männer es schlecht vertragen, wenn sie sozusagen als Anhängsel einer Frau rangieren, deshalb muß man sich als

Mann eben die Frauen aussuchen, die sich darein finden, die Frau von Herrn Soundso zu sein. Aber wie gesagt, die Sache verändert sich, und doch: Ich habe immer Herrn Carrière bewundert, der ja ein Star ist und dennoch eine wunderbare Ehe mit einer berühmten amerikanischen Bühnenbildnerin führt (behauptet er selbst glaubhaft). Nun lese ich, er hat in ›Zugzwang‹, dem ersten Film, bei dem er Regie führte, die Schuld am Niedergang seines Helden, eines Spielers, offenbar der erfolgreichen ausländischen Ehefrau in die Schuhe geschoben. Das sind Rückschläge. Selbstverständlich weiß man, daß unser Claus neben seiner holländischen Königin Depressionen kriegte. Nun scheint aber das Leben als Prinzgemahl wirklich besonders und extrem langweilig zu sein, aber haben Frauen das nicht jahrhundertelang ausgehalten an der Seite großer Männer? Man sprach ja sogar von dieser unserer Bestimmung, und viele Frauen schienen ihren Lebensinhalt so zu definieren. Ist ja auch recht, wer das möchte, warum nicht. Nur, wir würden's gerne auch andersrum machen, wenn uns der Sinn danach steht, ohne Angst zu haben, daß unsere Lorbeeren den Mann an unserer Seite in den Augen der Umwelt (und seinen) zu Boden drücken.

Mittlerweile aber geht uns die lorbeerbekränzte Malerin schon fast auf den Geist, die immer und penetrant ihren Fotografenehemann ins rechte Licht rückt, obgleich er keine solche Karriere vorzuweisen hat wie sie. Dennoch sei sie gebenedeit.

Die Männer aber, die sich zu sagen trauen, sie wären die fröhlichen, selbstsicheren Ehemänner, Geliebten, Söhne und Väter unheimlich begabter, ja begnadeter Frauen — und das können doch wirklich die meisten von sich behaupten, oder? —, die haben einen großen Stein im Brett bei uns Frauen. Keine von uns wird sie scheel anschauen deswegen — im Gegenteil.

Nun weiß ich, seit ich beim Augenarzt war, daß man schlechter sieht, wenn man im Streß ist. Erkältungen überfallen einen mit Sicherheit, wenn man seelisch durchhängt, und daß die Schönheit leidet, die Haare flach am Kopf hängen und der Glanz der Augen erlischt, wenn es einem nicht gutgeht, ist eigentlich auch logisch. Und doch muß man sich sein Leben lang mit Saboteuren im eigenen System herumschlagen, wenn man sowieso schon am Boden liegt. Wer Kinder hat, weiß natürlich, daß die die ersten sind, die bemerken, wenn der elterliche Gegner Erlahmungserscheinungen zeigt. Sie schlagen also fröhlich in die Kerbe. Nie sind sie so aufsässig, so wild tobend, so frechmäulig wie an den Tagen, an denen man schwächlich und niedergeschlagen ist. Es soll ja auch Partner geben, die beim Nachlassen der Energie Land zu gewinnen trachten. Ich selbst habe es meist mit den »Sprintern« unter den Männern zu tun gehabt, d. h. sie ertrugen meine Labilität, auf welchem Gebiet auch immer, zwei Tage nicht nur mit Fassung, sondern sogar mit aufrichtigem Mitgefühl, Hilfeleistungen wurden erbracht, Trostgeschenke beigeschafft, Nahrung geliefert. Am dritten Tage aber erwarteten sie eine Auferstehung meinerseits und fielen, fast beleidigt über meine Zähigkeit im Siechtum, von ihrer Pflegerolle ab. Danach war Kampf angesagt, nichts Dramatisches, nur eben eine steigende Gereiztheit, Ungeduld und Rücksichtslosigkeit. Sie konnten einfach nicht mehr.

Meine neueste Erkenntnis auf diesem Gebiet jedoch beziehe ich aus Erfahrungen mit meiner Umwelt generell. Meine Wohnung, so will mir scheinen, lehnt sich gegen mich auf, sobald ich wie ein angeschlagener Dompteur die Peitsche sinken lasse. Und Wohnungen können tückisch sein, glauben Sie mir. Wie sonst könnte man erklären, daß an Tagen der Hinfälligkeit die Waschmaschine die Küche überschwemmt, die Spülmaschine in schöner Einigkeit mit ihrer Nachbarin ihr Wasser nicht mehr abpumpt und der Ölofen, der sich auch nicht lumpen lassen will, den Dienst versagt. Nie brennen so viele Glühbirnen durch, nie tropfen so viele Wasserhähne wie an jenen schwarzen Tagen, wenn ich das Leben sowieso nur löffelweise ertragen kann.

Wer nun Trost erwartet, wenn er die Türe der rebellierenden Wohnung hinter sich zuschlägt und auf die Straße eilt, liegt falsch. Als erstes der Tritt in die Hundescheiße, sodann die Straßenbahn, die ohne einen abfährt, im Supermarkt gibt es die Leberpastete nicht, die man als Pflaster aufs wunde Gemüt streichen wollte, und selbstverständlich sind im Briefkasten nur Rechnungen und Stöße von Reklame.

Es braucht nicht erwähnt zu werden, was noch alles in dieser Talsohle auf einen lauert. Vorwurfsvolle Mütter rufen an, das Fernsehprogramm ist noch lausiger als gewöhnlich, Kollegen lassen einen abfahren, Hunde kotzen auf den Teppich — lassen wir's dabei, die Liste ist unendlich.

Was soll's. Man steht alleine da, wenn man trostbedürftig ist. Aber zum Eigentrost fehlt einem manchmal die Kraft, und nur selten ist einem vergönnt, sich ins Bett zu verziehen. Also ... an solchen Tagen hilft nur eine Gegenstrategie. Ich habe mit Diversem experimentiert. Der Kauf eines neuen Kleidungsstückes bringt manchmal Linderung, ist das zu teuer, reicht gelegentlich ein Gläschen Schaumwein samt Krabbenbrot, noch leichter zu beschaffen: ein heißes Bad und ein Schokoladenpudding (infantile Eßgelüste sollten an diesen Tagen respektiert werden). Sodann die buchhalterische Aufzählung der eigenen Vorzüge und der in der letzten Zeit eingegangenen Erfolge, Lobsprüche und Komplimente. Dann, sozusagen als Krönung, eine halbe Stunde (also wirklich nur eine halbe Stunde) Jammer und exzessives Selbstmitleid. Meine Freundin Luz-Maria pflegte in Mexiko in ihrer Wohnung auf und ab zu gehen, die Hände zu ringen und laut zu klagen, das mag nicht jedem liegen, es genügt auch leises Vor-sich-hin-Schimpfen und ein Fußtritt für die Waschmaschine. Danach könnte man zur Kosmetikerin, aber dazu ist selten Zeit. Billiger ist es, einen nahestehenden Menschen (Freundinnen haben geradezu die Verpflichtung, bereitzustehen, obgleich sie an solchen Tagen gewöhnlich gerade in St. Moritz sind oder frisch verliebt und unerreichbar) über die Sinnlosigkeit des Lebens, die Ungerechtigkeit der Welt und das schwere Los, das auf einem lastet, zu informieren. Wenn das nicht fruchtet, empfehle ich, ein Artikelchen über »schwarze Tage« zu schreiben, und wem das nicht liegt, der sollte sich wenigstens vorstellen, daß Plakate in der ganzen Stadt hängen, auf denen steht: »Inge Igel ist eine Märtyrerin« oder »Karl Putz ist ein unschuldiges Opfer seiner Umwelt«. Danach geht man tapfer zur Tagesordnung über und ruft den Installateur an.

Ich finde Leute ekelhaft, die schon vor mir da waren — wo auch immer.

Mein Freund Hans z. B. hat immer schon alle Filme gesehen, ob in Cannes oder Venedig, er schreibt darüber für die Zeitung. Unüberschaubar, wie viele Filme er mir schon verdorben hat mit seiner Vorkritik. Er formuliert sie auch noch gut und übersichtlich, geht sozusagen schon im Geiste seinen Text durch. — Natürlich ist er auch im Detail immer besser informiert als ich. Den Schauspieler, den ich im Augenblick entdeckt habe und für eine Gabe Gottes halte, hat er schon in seinen drei früheren Streifen gesehen. »Ausgezeichnet — so was läuft natürlich gar nicht erst bei uns«, sagt er mitleidig. »Er ist übrigens Trinker«, fügt er lässig hinzu und weidet sich an meiner kindlichen Schwärmerei, die nun ihre Kratzer abkriegt. Es ist unerfreulich, mit ihm über Kino zu sprechen, aber er besteht darauf. Nach Cannes etwa, habe ich das Gefühl, schleppt er einen schweren Sack voll Entzücken und Verachtung mit sich herum, den er entleeren muß. Man wird keinesfalls verschont, wenn ihm das schon bei anderen Freunden gelungen ist, er entleert ihn begeistert mehrmals. Die ganze Umgebung ist infiziert von ihm. ›Basis Instincts?‹. »Geh ich nicht mit, Hans sagt, es wäre seicht«, oder: »Du *mußt* dir ›Kakophonia‹ anschauen. Hans sagt, das sei der Knüller gewesen in Chicago letztes Jahr, weißt du?« Wer will da noch rein? Auf allen Leinwänden erscheint plötzlich zwischen keuchenden Killern über dem Liebespaar am Abgrund Hans' Gesicht, und er flüstert: »Schlechter Schnitt — Beleuchtung leider sehr gut, aber das Drehbuch!«

Schlimm sind auch die, die wie die legendären Vorkoster bereits an allen Büchern geknabbert haben, ehe man selbst ein Auge darauf werfen konnte. Gut, es mag Leute geben, die solchen Anregungen dankbar gegenüberstehen. Ich nicht. Der belesene Wolfgang drängt einem die Bücher, die er toll findet, geradezu auf. Die Stellen, die ihn ergriffen haben, sind angestrichen, mit Kuli. Man selbst, bereits irritiert von zwei jubelnden Zeitungskritiken über dieses Buch, wird es nun gewiß nicht lesen. Bei Eco habe ich drei Jahre gebraucht, bis sich mein Widerwillen legte, beim ›Parfum‹ zwei Jahre, dann ging mir in Timbuktu der Lesestoff aus. Ransmayr liegt unberührt auf meinem Nachttisch.

Im Gegensatz zu den Vorkostern vergangener Zeiten fallen diese Leute leider nicht tot um, wenn sie mal ein vergiftetes Büchlein erwischen. Sie verschweigen einem diesen mißglückten Versuch geflissentlich, da sie auch bei der Auswahl unfehlbar scheinen wollen. Wenn sie sagen »les' ich erst gar nicht«, kann man sich seinen Reim darauf machen. Auch damit blockieren sie freilich wie nebenbei die natürliche Neugier, die einen sonst auf eigene Entdeckungslesereisen lockt. Diese Leute schaffen es auch, Dichter kennenzulernen, die man selber und ganz heimlich schätzt: »Habe Philip Roth besucht in New York. Ein Langweiler, dreckige Nägel« oder »Ina Borbotten, du weißt schon, die begnadete Lyrikerin, liegt geschmacklich völlig auf meiner Linie, was Prosa betrifft. Tolle Frau!«, und da soll einem nicht der Appetit vergehen?

Ebenso verheerend sind die beredten Reisenden, die Santorin schon kannten, als am Strand nur ein einziger Bretterschuppen stand, die Bali bereist haben, als man noch für 20 Pfennig Krabben essen konnte, die selbstverständlich schon zweimal in China waren »ehe das dort kaputtgemacht wird«. Schon zu Weihnachten quälen sie einen mit Fragen, wohin es diesen Sommer gehen soll, um dann triumphierend zu rufen: »Mexiko? ... da darfst du nicht versäumen, nach Acolmán zu fahren, Buslinie 7, ein bezaubernder Konvent, noch völlig erhalten ... Geheimtip!« Vielleicht bin ich wirklich undankbar, man könnte ja aus ihren Erfahrungen lernen und, versehen mit 1000 Adressen und Tips, Mexiko auf ganz ausgepichte Weise kennenlernen, aber welches Mexiko? – *Ihr* Mexiko! Und da muß ich gestehen, ich möchte gerne mein eigenes finden — in aller Bescheidenheit.

Zugegebenermaßen, und in diesem Fall bin ich nicht allein, gehen einem auch Menschen auf die Nerven, die den frisch erbeuteten Geliebten schon lange vor einem gekannt haben — darunter fraglos am meisten seine früheren Herzensfrauen. Sie können es sich selten verkneifen, einem den noch sozusagen in Glanzpapier verpackten Mann von Seiten vorzuführen, auf die man zur rechten Zeit auch selber gestoßen wäre, darauf freilich hätte man gerne in aller Ruhe gewartet. Je nachdem, wie er seinen Abgang bei ihnen gestaltet hat, hört man mit einem vertraulichen Augenaufschlag von »seiner fürchterlichen Sparsamkeit, seinen klammernden Verwandten, seinen Tobsuchtsanfällen« — ich bitte Sie, ein Mann, der bis dato immer die Geldbörse gezückt hat, angab, ein Waisenkind zu sein, und der wie ein Lamm wirkte! Schlimmer sind ohne Zweifel Berichte über seine Fähigkeit zu schmachten, zu kosen und über seine Unersättlichkeiten in fleischlichen Bereichen. Das Muttermal am Knie, das er einem erst gestern abend geschenkt hat, gerät ins Licht der Scheinwerfer, hatte offenbar schon andere Besitzerinnen. Die Opernarie, bei der er vor einem auf den Teppich kniete und mit feuchten Augen zu einem aufsah, war keineswegs eine Premiere. Auch Fotos von Kindern, die ihm aufs Haar gleichen, machen einen nicht eben glücklich. Er war schon da! *Sie* war ganz augenscheinlich auch schon da und ist noch da, weiß Gott. Erstaunt es einen da, daß schon Kinder sich gegen das reichbestückte elterliche Erfahrungsfüllhorn zur Wehr setzen. Diese ekligen abgebrühten Alten waren auch schon da. Wissen, wie man sich fühlt, wenn man vor unerwiderter Liebe am Leben verzweifelt, haben ›Anna Karenina‹ schon fünfmal gelesen. Raten einem, unbedingt einen Geldgürtel mit nach Indien zu nehmen. Schätzen den Blender, den man ihnen liebestoll an den Abendbrottisch zwingt, richtig ein, noch ehe man selbst den Stab über ihn brechen konnte.

Auch sie, diese aufdringlichen Alleswisser, halten sich keineswegs zurück mit ihrem jubelnden »Das kennen wir schon«. Sie tun das unter dem Mäntelchen der Liebe, wollen nur das Beste, ertragen nicht, wenn man selbst reinfällt mit Pauken und Trompeten. Nun ist es so, daß es Menschen gibt, die gerne selber hinter die Kulissen schauen würden und kein Polaroid der Hinterbühne vorgewiesen bekommen wollen. Ach, wie gekränkt reagieren unsere Schutzengel auf Ablehnung! Sie wollen einem nur das Leben erleichtern, einem Gutes tun. Das sagen sie alle, die Igel dieser Welt.

So besehen, kann man sie irgendwie schon verstehen. Nur ihre Beweggründe sind nicht ganz so selbstlos, wie sie einen glauben machen wollen. Was nützt es einem, am Goldenen Horn zu frühstücken, in einer verborgenen einheimischen Beiz, wenn man nicht später den noch gold- und hornlosen Freunden den Mund wäßrig machen kann.

Kommt man sich nicht vor, als entgleite einem schlichtweg die Kontrolle, wenn plötzlich alle wahllos ins Kino rennen, während man selbst dieses Gebiet weiß Gott als seine Domäne betrachten kann. Für was hat man sich in Recklinghausen ein Augenleiden geholt!

Und gute Literatur? Nun, wer sich da in die letzten Wahrheiten eingeführt weiß, ist eine Art Gralsritter — mit Sendungsbewußtsein. Wohltäter der Menschheit allesamt! Leute wie ich sind kleinkarierte Neider, die aus niedrigem Trotz auf ihrem eigenen fadenscheinigen Urteil bestehen. Mit Brachialgewalt und zum eigenen Schaden.

Die »Lobby der Igel« ist es auch, die, um die Sache richtig in den Griff zu kriegen, all diese obligaten Listen verfaßt: das Buch des Jahres, der Film der Internationalen Jury, die Frau des Jungunternehmerverbandes, der Maler der Saison, das Lokal mit den fünf Sternen.

Zu Silvester werfen sie alle ihr Wohlwollen hilfreich auf den Markt. Ich lese keine Zeitung, bis sich Ende Januar die »Bestenlisten« wieder auf die übersichtlichen Kästchen beschränken, die man in allen Blättern leicht ausmachen und umlesen kann.

Ich hoffe, die Leute, die sich wie ich über das Hase- und

Igelsyndrom ärgern, sehen es mir nach, daß ich ihnen hier ihre Entrüstung vorwegnehme und mich vorwitzig geäußert habe.

Verzeiht, Hasenschwestern und -brüder, wenn ich euch jetzt zurufe. Einer mußte es mal sagen, und – ich bin eben schon da.

Meine Mutter schonte ihre Nerven. Sie hielt das Telefon, an dem meine Großmutter klagte und schimpfte, am ausgestreckten Arm von sich ab und schaute dabei aus dem Fenster. Ansonsten schonte sie wenig. Es gab bei uns kein Geschirr, das nur auf den Tisch gestellt wurde, wenn Gäste kamen. Sie kochte im Seidenkleid ohne Schürze. Mit den feinen Wildlederschuhen stand sie im Garten und schnitt Barbarazweige vom Busch. Mein Vater gehörte eher zu den »Schonern«. Er setzte sich nicht durch mit der Decke für den Hund, die auf dem Sofa liegen sollte, dort, wo der haarige Geselle sich, trotz Verboten, immer zusammenrollte.

Ich habe mich schon früh auf Mutters Seite geschlagen. »Schoner« sind mir irgendwie suspekt. Möchte wissen, warum. Mein Vater sagt, mir fehlt die Liebe zum Objekt, ich weiß nicht. Womöglich hat er recht, oder aber der sorg- und schonungslose Umgang mit den Dingen ist eine kleine Auflehnung gegen sein altes Regime. Lebensfern nannte es meine Mutter. Sie liebte die Stelle in Canettis ›Blendung‹, in der die schlimme Frau den Gelehrten herumkriegt, weil sie seine Bücher mit weißen Handschuhen liest – um sie zu schonen.

Am Bahnhof starre ich verständnislos auf die Koffer, die zwecks Schonung in gelblichen Plastikverhüterlis stecken. Wozu? Darf ein alter Reisender keine Schrammen haben? Leider sieht man sie heute nur noch selten, die alten Männer, die ihre Hüte unter so einer knisternden durchsichtigen Hülle verstaut auf dem Kopf tragen. Sie waren immer eine Quelle des Vergnügens für mich. Neulich, bei der schwäbischen Buchhändlerin zum Sherry, bemerkte ich sofort die extra an kritischen Stellen angebrachten Filzquadrate auf dem Teppich, dort nämlich, wo man am meisten mit den Füßen scharrt, vor den Sesseln. Natürlich gab es auch unter jedem Glas ein rundes Scheibchen, von der

Sorte elegantes Bierfilzl, und einen bestickten Stoffstreifen in der Tischmitte, auf dem die Erdnüsse und Kekse angeordnet waren. Das war im kalten »Herrenzimmer« (sie lebt allein), bei den Büchern und dem Klavier. Dorthin führt man seine Gäste. Im Wohnzimmer erwartete ich genüßlich ein paar Sofaschoner, aber sie enttäuschte mich. Nicht mal Häkeldeckchen auf den Armlehnen. In Amerika z. B. habe ich ganze Abende auf knatternden glasklaren überdeckten Sofas verbracht, auf denen man festklebte, wenn's warm war. Das schöne Muster kam unter diesen Schneewittchensärgen gut zur Geltung, nur eben »not to touch«. Wann nimmt man so was ab? Wenn die Federn durchgesessen sind und man das Sofa in Ruhe sterben lassen will — ohne Rücksicht auf Schonung? Es ist schon wahr, wenn man mit Kindern lebt, möchte man manchmal die ganze Wohnung unter solch einer Plastikglocke verbergen, bald aber setzt der Gewöhnungsprozeß ein, am Ende sieht man die Flecken gar nicht mehr. Man wartet geduldig, bis sie flügge sind, und träumt von schneeweißen italienischen Sesseln ohne Flecken, ohne Hüllen — aber bis dahin schonen, unter Preisgabe der Lebensfreude? Nein.

Manchmal habe selbst ich ja bizarre Anfälle von Schongängen. Ich ziehe bestimmte teure Kleider so gut wie nie an. Ich schone sie — bis sie unmodern sind. Was soll das nur? Ich habe nie die Leute begriffen, die ihren Schmuck immer nur im Safe haben. Gut, das kommt sicher daher, daß ich selbst keinen so wertvollen besitze. Ich sehe auch nicht, daß die Leute, die ihren Magen schonen, soviel gesünder sind als ich.

Neulich las ich in der Zeitung von Herrn X, der seiner Frau die Hucke voll log, um sie zu schonen. Daß er ihr seine Amouren mit der Schuhverkäuferin und der Hundetrainerin verschwieg, mag ja noch hingehen, aber daß er die Gute alle möglichen Kreditbriefe unterschreiben ließ, mit denen er die Firma retten wollte, und ihr schonenderweise nicht mitteilte, was sie da tat, das scheint mir etwas zuviel. Er hat sich nach Brasilien abgesetzt, so liest man. Ich glaube nicht, daß sie sich nunmehr schonen kann. Zwei Kinder und schonungslose Behörden, Gläubiger und Banken.

»Verschone mich«, sagt Harry, wenn seine Frau die Ehekrise besprechen will. »Schone deine Stimme«, ruft Elke, wenn ihr Gefährte losbrüllt. Elke schont sich und ihn schon lange. Sie macht einfach keine Rechnungen auf, wirft die Bankbriefe in den Müll. »Nichts gekommen«, sagt sie unschuldig. Soll sie ihn aufregen mit so was?

# Leichenschmaus

In der ›New York Times‹ lese ich von einem ›Funeral Cookbook‹ — einem Kochbuch für Leichenschmäuse. Also, da hinken wir wieder mal hinterher. Nicht, daß wir uns zu beklagen haben, wir stehen schon bis zum Hals in Kochbüchern, zu jedem Anlaß, z. B. ›Gartenfeste im Handumdrehen‹ oder ›Balkonbankette für Vegetarier‹ oder ›Das Liebesmahl für anspruchsvolle Affären‹ oder ›Was ißt man nach der Scheidung‹. Aber fürs Begräbnis? Leider wurden in der Besprechung keine Rezepte zitiert. Ich stelle mir »schwarz« vor. Etwa zuerst Trüffeln, dann Kaviar, alles mit fast schwarzem Rotwein, oder, ökonomischer, Schwarzwurzeln mit Schwarzgeräuchertem und dunklem Bier? Aber vielleicht liege ich ja völlig falsch. In Mexiko, das weiß ich, kocht man am Totensonntag das Lieblingsgericht des lieben Verstorbenen (meine Waschfrau Florencia z. B. immer Ente in Schokoladensauce), trägt es auf das Grab und ißt es dort, gewürzt mit ein paar Tränen. So was läßt sich hierzulande kaum einführen. Bilde ich mir nur ein, als trügen die Leute im November auf unseren Friedhöfen eine gut einstudierte Maske des Grames und als schielten sie seitwärts nach dem Blumenschmuck auf Nachbars Grab? »Heidekraut, sehr sparsam« oder »Hortensien, nobel, nobel«. An Essen jedenfalls denken sie nicht, das sieht man ihnen an — nicht gleich jedenfalls. Danach womöglich, in der Kneipe, ja, aber das gibt keiner zu.

Es ist schon wahr, daß gerade die Genußmenschen erstaunlich gerne über ihren Abschied vom Erdenleben nachgrübeln. Wahrscheinlich, um sich lustvoll auszumalen, wie heftig die Tränen fließen, wie untröstlich die Welt dereinst ohne sie zurückbleiben wird. Meine Lieblingstante stellte sich all ihre verflossenen Liebhaber am Grab vor, sie wünschte, daß man die Barkarole aus ›Hoffmanns Erzählungen‹ spiele, und als Totenmahl, so gestand sie mir, schwebten ihr immer Austern vor. Die restliche Familie fand das degoutant. (Als es so weit war, setzte man den Trauergästen Hühnerbrüste vor. Eine Wahl, die meine Tante unter keinen Umständen gebilligt hätte.)

Das Kochbuch für Trauerfälle wirft viele Fragen auf. Ist es angemessen, Fleisch aufzutischen? Sollte man an Champagner denken? Trösten üppige Süßspeisen? Soll man die Trauergäste überhaupt trösten oder lieber mit einem stillen Wasser und einem trockenen Imbiß auf die Erkenntnis der Vergänglichkeit hinweisen? Und wer wird dies Kochbuch kaufen? Ich denke, Leute, die wirklich trauern und voller Kummer sind, scheren sich wenig um das, was auf den Tisch kommt. Aber wer weiß? Vielleicht ist dies Buch zum Erwerb lange vor dem Ableben bestimmt, damit ein älteres Paar sich abends öfter mal ein paar schöne Stunden machen kann. »Also, ich hätte dann gerne den Rehschlegel mit Spätzle!« — »Für mich kommt zu meiner Beerdigung nur das Spanferkel in Frage, Schatz, schau, wie hübsch es aussieht mit seinen schwarzen Schleierchen, hier, auf der Abbildung.« — »Ich überleg's mir noch.«

Aber man weiß ja, wie das ist, nachher reißen irgendwelche organisierwütige Verwandte das Programm an sich und setzen allen Trauergästen das vor, was sie selbst gerne essen — etwa Lachshäppchen (selbstverständlich nicht im Kochbuch vorhanden). Eine Fehlinvestition also. Was hilft es da, daß man in den vergangenen Jahren abwechselnd zur Übung das gewünschte Gericht gekocht hat, immer sonntags, damit die Kinder schiedsrichtern können. »Papa kriegt das Ossobuco schon sauber hin, Mama, du kannst ganz beruhigt ...« usw.

Oder rechnet man in den Staaten mit einem Bestseller für den Gabentisch? Ich weiß nicht recht. Sieht so ein Geschenk nicht aus, als eile der Schenkende kränkelnd ungeduldig der Zeit voraus?

Vielleicht bin ich einfach zu altmodisch, vielleicht auch zu abergläubisch, und sicher habe ich auch ein ungemütliches Gefühl beim Gedanken an *meinen* Leichenschmaus.

»Somebody is walking over my grave« nennen das die Amerikaner.

Gut, ich sage es jetzt frei heraus, hier und ein für allemal: Ich möchte am Tag meines endgültigen Heimgangs Ente mit Schokoladensauce auf den Tellern meiner Hinterbliebenen sehen. Auf meinem Grab gegessen, versteht sich. Das Rezept gebe ich beim Notar ab, Kinder, kauft also nicht das teure Kochbuch, wenn es hier erscheint, was ich fast annehmen möchte.

# Modehunde

Ist Ihnen schon aufgefallen, wie »hundig« die Herbstmode dieses Jahr wird? Ich selbst habe keinen Hund und mache mir Sorgen. Denn ich sehe, daß es schier unerläßlich ist, ein solches Vieh als Gefährten vorweisen zu können, um modisch mithalten zu können. Ich weiß natürlich nicht, ob sich ein Hund so gut neben mir machen würde wie neben den wundersamen Frauen der Hochglanzwerbung. Da sitzt eine junge Reithosenamazone mit elegischem Blick vor einer einsamen Koppel, und an sie geschmiegt — auch elegisch — ein riesiger schwarzweiß gefleckter ... ja was? Hühnerhund? Die beiden werben für einen Duft von »Lauren« — riecht er danach oder sie? Oder sind sie nur so schwermütig, weil sie *noch nicht* danach riechen, vielleicht wäre ja alles anders und fröhlicher, wenn erst ... Genug, schon zwei Seiten weiter rafft eine als Eskimo verkleidete, mit Rennfahrerbrille ausgestattete Schöne einen Husky an ihre Brust, als wäre er ein krankes Kleinkind. »Ihre Freunde meinen, sie sei zu cool«, steht da — na, mit dem Tier keinesfalls! Er verdreht schon die blauen Augen ins Rötliche, weil sie ihn so drückt. Die Tasche, um die es eigentlich geht, steht lieblos auf ihrem Knie. »Picard, Sacs + Bagages«. Vielleicht ist das ja eine Blutwurst, und gleich wird das Schoßtier sie verschlingen. Aber weiter, ich weiß nicht, was die Tierschützer dazu sagen, daß die Dame in der zyklamenroten Wolljacke von »Geiger« dem Hundekerl, der an ihrem Knie lümmelt, die überschüssige Gesichtshaut so hochfaltet, als mache sie ihm eine Lymphdrainage. Die Jacke gefällt mir nicht übel, aber ob ich den Griff ins Hundefell so elegant loshabe? Wirkt er nicht etwas gequält und wird gleich schnappen? Yves Saint Laurent läßt seine langbeinige Pepitaanzugfrau einfach so über die Straße schlendern, unterm Arm, wie ein Wäschepaket, ein putziges Hundekind: die Babyversion von dem, der einst »die Stimme seines

Herrn« hörte auf den Plattencovers, also ein Foxterrier. Von dem ist kein Widerstand zu erwarten, höchstens ein paar gelbe Spritzer an die Jacke, aber Pepita hält so was aus.

Nun die zwei Dalmatiner, diesmal nicht im engen Bodytouch mit ihrer Dame, sondern frei an der Leine. »Cotton Line, Jeans und Hemd«. Na gut, die Gutshofbesitzerin mit ihren gesprenkelten Lieblingen. Gleich werden alle drei über die Hecke setzen. Wusch!

Welchen Hund nun soll ich zu meinem »Kenzokleid« tragen, rot geblümt und drei Jahre alt? Ich hätte ja gerne einen Dackel, aber das geht eigentlich nur zu Dirndl und Trachtenweste, und so was hasse ich. Komischerweise treffe ich immer Leute mit Afghanen, die Nylonjogginghosen anhaben, T-Shirts und Stirnbänder, das ist doch ganz stillos, oder? An alten Frauen sehe ich da viel Modebewußtsein, diese Spitze und Straßenmischungen passen gut zu grauen Wolltönen und weinroten Topfhüten. Alte Schule eben. Ich finde, auch die Queen von England hat eine geschickte Hand, was die Kombination von Vierbeinern und Garderobe betrifft. Man kommt ins Grübeln. Und welcher Hund, glauben Sie, würde auf mein Moschusparfum abfahren und sich so an mich schmiegen wie hypnotisiert? Riesenschnauzer? Ich bin ratlos. Vielleicht kommt das Ganze ja nur daher, daß man jetzt kein echtes Fell mehr tragen darf. Das magische Gefühl von wilder Tierhaut am Leib, das der Mensch seit Jahrtausenden für sich beanspruchte, muß eben jetzt von einer Wildheit auf vier Beinen getragen werden, sozusagen nach außen und daneben verlagert.

Früher gab es ja immer Reklamefrauen, Auge in Auge mit schwarzen Panthern, Auerochsen, Pumas, Krokodilen und Löwenbabys — dieses Jahr ist der Hund dran. Was das wohl zu bedeuten hat?

Womöglich ist es ein Blick in die Zukunft, bahnweisend sozusagen. Die exotischen Tiere werden ja nicht mehr allzulange den Globus unsicher machen, dafür haben wir gesorgt. Bei den Hunden ist uns freie Hand gelassen, die können wir genmanipulieren, haarlos und hautreich züchten, sie zurechtstutzen an Ohr und Schwanz, und mittlerweile können wir sie bereits so geschickt kreuzen, daß sie wilder ausfallen und aggressiver als jeder Königstiger. Na bitte.

Ich weiß nicht, was die Hundelobby von dem plötzlichen starken Modeaufkommen hält. Schade. Sie reden nicht mit uns, sonst könnte ich fragen, mit welchem Kollegen ich diesen Winter richtig läge. So muß ich selber damit klarkommen.

# Herzblatt

Kuppelei, so sagt man, ist ein Zeitvertreib, dem sich alle Frauen gerne widmen, und ich gebe zu, die gute Fee zu spielen für zwei einsame Herzen hat seinen Reiz, auf psychologische Erklärungen dieses Reizes möchte ich mich hier nicht einlassen.

Also man fädelt, man läßt Bemerkungen fallen, man kocht Abendessen, sorgt für gute Getränke, fächelt Gespräche an, schweigt im richtigen Augenblick, zieht sich zur passenden Zeit zurück. Die Sache kommt in Gang, jawohl, man überprüft diskret, wie weit die Verstrickung fortschreitet, und dann, mit dem Gefühl des Stolzes, läßt man sein Werk aus den Händen. Nun sollen die beiden alleine weitermachen! Wenn man Glück hat, tun sie's auch. Aber nun kommt Stufe zwei. Die Rolle des Mittlers ist nur so lange gut, solange beide Parteien in totaler Harmonie leben. »Wieso hast du mir nicht gesagt, daß er so viel trinkt?« — »Von dir habe ich doch immer gehört, sie sei so verläßlich.« — »Hast du nicht gewußt, was für blöde Freunde der hat?« — »Über Politik kann man mit ihr ja überhaupt nicht reden.« Da steht man wie der Händler, der faule Pflaumen in die Tüte geschummelt hat. Spätnachts wird man zur Verantwortung gezogen am Telefon, und, was schlimmer ist, tagsüber wird einem Parteilichkeit vorgeworfen, von beiden Seiten. Die Vertrautheit mit gleich zwei Freunden ist erschüttert. »Na, dich brauche ich ja gar nicht zu fragen, wo er stecken könnte, du würdest ihn ja doch decken« oder »Bei dir muß ich aber jetzt jedes Wort auf die Goldwaage legen, sonst kommt es an der falschen Stelle an.« Es ist müßig zu schwören, man sei diskret wie ein Beichtvater. Die Sache entwickelt ihre eigene Dynamik, und man kriegt als Stellvertreter das Fett ab, das eigentlich ein anderer abkriegen sollte.

Geht die Sache gut, ist dennoch nicht alles paletti. Man

bekommt in zwei Ohren verschiedene Glücksmonologe geblasen, die womöglich stark voneinander abweichen, aber man ist angehalten zu schweigen. Wenn Robert erklärt, er ginge nur aus übergroßer Liebe mit Gabi in die Oper, für ihn wäre das die reinste Folter, zuckt man zusammen. Soeben hat einem Gabi berichtet, sie habe Robert noch nie so selig gesehen wie in ›Madame Butterfly‹. Soll man einem der beiden Liebesringer mehr Loyalität erweisen als dem anderen? Nein. Man duckt sich. Schwierig wird's, wenn es zu den ersten Ungereimtheiten kommt. »Robert ist vorgestern zu seiner Mutter gefahren.« Man selbst hat ihn soeben im Supermarkt stehen sehen, eine gute Flasche Wein in der Hand. »Gaby muß ihren hassenswerten geschiedenen Mann treffen, die Arme.« Gaby ist, so weiß man aus leidvollen Gesprächen, über den hassenswerten Herrn noch keineswegs hinweg und spielt mit dem Gedanken, ihn ein letztes Mal zu verführen. Da steht man unglücklich zwischen den Fronten, weiß zwar mehr als die Akteure, kann dies aber keineswegs genießen, sondern fühlt sich eher abgeschnitten vom warmen vertrauten Fluß der Zuneigung, die man mit diesem Unternehmen anzufachen gedachte — auch für sich selbst. Man kann gar nicht genug glückliche Freunde haben, oder?

Meine Freundin Illy, die in einem selbstherrlichen Augenblick beschloß, ihren Liebestauben reinen Wein einzuschenken über das, was sie sich zusammengereimt hatte aus den verschiedenen Geständnissen, war prompt alle beide los. Sie taten sich gegen sie zusammen und sind heute recht glücklich. Illy hingegen scheint mir in letzter Zeit etwas verbittert. Es braucht eben Fingerspitzengefühl: Auch der Liebende, der sich gebärdet, als werde er seinem Partner sogleich die Haut abziehen vor Wut, der die Apokalypse auf ihn herabzitiert, will keineswegs, daß man als Freund in dasselbe Horn bläst. Morgen schon kann das Unwetter abgezogen sein, und dann ist man die, die so schlimme Sachen gesagt hat über den süßen »Zauberbär«.

Man lasse sich auch ja nicht dazu hinreißen, versteckte

Warnungen auszustoßen. Gut, man kennt den neuen Liebsten der Freundin seit dem Sandkasten und könnte da auf einige Leckstellen hinweisen, Zurückhaltung ist angesagt. Sie muß schon selber draufkommen, sonst ist man der berühmte Überbringer schlechter Nachrichten und fällt früher oder später in Ungnade.

Ich gestehe, ich werde immer vorsichtiger im Kuppelgeschäft. Neulich trat meine Freundin Gitta zu mir an einen voll besetzten Tisch im Restaurant, einen »neuen« jungen Mann im Schlepptau. »Das ist sie«, sagte sie und wies mit dem Finger auf mich, »das ist die Frau, die mich mit diesem Neurotiker verkuppelt hat. Ich gehe heute noch zum Therapeuten.« Und der junge Mann starrte mich an, als sei ich das Gorgonenhaupt.

# »Frankfurter«

Ein berühmtes amerikanisches Männermagazin widmet seine Februarausgabe gänzlich einem Thema: der Liebe. Natürlich wird die Sache in einer spezifischen Form abgewandelt, d. h. die Skala reicht von: »Der Unterleib hat immer recht« bis zu »Don't let that little Frankfurter run your life«. Auch Byron kommt zu Wort: »Die Liebe und das Leben sind beim Mann zwei getrennte Dinge, aber die Liebe ist die ganze Existenz der Frau«.

Immerhin sind wir Frauen mittlerweile schon so weit, diesen Ausspruch mit einem kleinen Lächeln hinzunehmen. Da hat sich doch einiges verändert, wenn auch das Gespenst des »Zu-sehr-Lieben« noch immer so oder so durch unsere Phantasien geistert, das Buch dazu hat sich, wie man weiß, enorm gut verkauft. Und doch... die Liebe ist plötzlich wieder ein Thema, nicht nur in den Medien, sondern auch im Hausgebrauch. Natürlich sprechen wir untereinander nicht groß darüber, und das heißt, es ist wirklich ernst. Wir, das sind in diesem Fall die Frauen, die seinerzeit die Selbstverwirklichung auf ihr Banner schrieben und die bei diesem Unterfangen die nettesten Männer reihenweise über die Klinge springen ließen. Offenbar mußte das so sein, und noch heute ist nichts dagegen zu sagen. Daß es uns was gebracht hat, läßt sich nicht übersehen. Wir sind jetzt alle bereit, uns neu gestärkt und verwandelt in die Höhle des Drachen zu begeben (mit Drachen meine ich die Liebe — bitte sehr). Auch kämpferische Feministinnen geben heute zu: »Männer sind gräßlich, aber es gibt nichts Besseres in der Art«.

Auch Frauen sind, so besehen, gräßlich, aber sie haben gelernt, das mit Fassung zu tragen.

Wenn ich mich umsehe und die neu aufblühenden Liebesgeschichten meiner Freundinnen betrachte, sehe ich mit Genuß, die Fronten haben sich verändert. Die Frauen haben nicht mehr diese überzogenen Erwartungen an die Männer und an die Liebe. Sie brauchen nicht mehr die Bestätigung, die damals unerläßlich schien. Sie wissen schon selber, daß sie gut sind. Weiter, nachdem es nicht mehr nötig ist, den eigenen Wert durch einen Mann zu definieren, ist es auch nicht mehr so spannend, an ihm herumzukritisieren und an ihm herumzuerziehen, um ihn passend zu machen. Seine eventuellen Machtspiele kann man mit etwas Humor leicht entkräften. Ich denke an Claire Bretéchers Cartoon, auf dem man sieben Bilder lang einen Mann erlebt, der seiner Frau beim Fernsehen mit Machoparolen und Emanzenhaß auf den Geist geht, während sie schweigend, lächelnd, gespannt das Programm verfaßt. Am Ende krabbelt sie ihn am Kinn und sagt: »Du bist mein süßer kleiner Spinner.«

Ich hoffe, das alles klingt jetzt nicht so, als ob ich Männer für Idioten hielte. Keineswegs, nur sehe ich sie, sehen wir sie nicht mehr als das Salz der Erde und als unerläßlich für unser Glück, und das tut der Liebe gut. Daß wir nicht ohne sie sein wollen und können, steht auf einem anderen Blatt. (Und leider gibt es kein gutes weibliches Pendant für »Frankfurter«.) Unsere ganze Existenz ist die Liebe wirklich nicht mehr, und wenn, dann nur für Augenblicke, und die genießen wir sehr, und ich meine beide Seiten.

Nun muß man zugeben, daß es sich ohne Liebe auch nicht wirklich gut leben läßt, natürlich nicht, aber auch hier haben wir Frauen dazu gelernt, Arbeit und Liebe sind sich nicht mehr im Wege. »Du kannst nur eins von beiden haben«, hat man uns früher immer eingeredet. Dabei balancieren sie sich gegenseitig auf positive Weise, befruchten sich gegenseitig. Wenn's manchmal nach einer Seite kippt, kippt's nie zu weit, weil es da eben ein Gegengewicht gibt. Das wieder hört sich so an, als wäre ich nur fürs Wohltemperierte. Keineswegs immer, dazwischen ist Platz für Obsessionen, Katastrophen und Räusche jeglicher Natur — warum nicht? Wir wissen, daß es uns nicht mehr ans Leben geht, wenn wir Schiffbruch erleiden. Früher waren wir uns da nicht so sicher, remember?

Eine amerikanische Musikerin hat gesagt: »I love men, but I don't like them.« Dieser Satz bringt heute jede Frau zum Grinsen — nicht mehr zum Weinen … und ich, obgleich man mich vielleicht dafür steinigt, ich glaube, wir sind auf dem besten Wege, sie auch zu *mögen*, die Männer, vor allem dann, wenn sie auch uns wieder richtig mögen und aufhören zu schmollen, weil wir sie aus dem Paradies vertrieben haben.

Seit die Männerlosigkeit bei uns selbständigen und »gestandenen« Frauen um sich greift (die Kinder sind endlich auf den Weg geschickt, die Karriere floriert), taucht dieses Thema immer wieder in unseren Gesprächen auf und wird, wenn auch schmunzelnd, hin und her gewendet, ohne daß man sich so recht einig ist, woran es liegt. Dazu muß gesagt werden, daß die gängige These, es gäbe einfach keine guten Männer in unserem Alter, sie wären entweder verheiratet oder kaputt, von uns allen abgelehnt wird als zu simpel negativ. Außerdem schmeckt sie nach Resignation. Da gibt es natürlich die Gruppe, die auf Selbständigkeit pocht und diese genießt, samt dem dazugehörigen Alleinleben. Leider bleibt dabei die Sexualität auf der Strecke, denn der muntere ›Quicky‹, wie ihn einst Erica Jong propagierte, ist seit Aids nicht mehr so verlockend wie zuvor. Die, die zugeben, gerne wieder eine feste Bindung einzugehen, halten diverse Erklärungen für ihren Einzelstatus parat. Die einen sagen, es läge daran, daß man sich endlich mühsam ein paar ›männliche‹ Fähigkeiten angeeignet habe, um seine Frau zu stehen, Selbstsicherheit, Mut, Logik, Realismus, dazu die Befriedigung, gut im Beruf zu sein und die Abhängigkeiten von früher über Bord geworfen zu haben. Eben diese Eigenschaften jedoch, so behaupten sie, hielten die Männer auf Abstand. Sie wollten keine Frau, die abends todmüde, aber glücklich aus dem Büro heimkehre, die sich teure Klamotten selber kaufe und bei Diskussionen immer die Schnauze vorne habe. Mag sein. Einige behaupten, es läge an der hohen Meßlatte für Männer, welche die Frauen mit zunehmendem Alter und dem damit verbundenen Selbstgefühl immer bewußter anlegten: Man nähme sozusagen immer seltener den ersten besten zur Brust, und damit käme man um die ganze Erfahrung herum, von vorne herein. Wieder andere glauben, es läge an der Angst der Frauen, sich fest zu binden und sodann vielleicht wieder in das Muster früherer und schwächender Partnerschaftskonzepte zurückzurutschen. Dann gibt es jene, die rundheraus behaupten, die heutigen Männer fürchteten sich vor starken und selbstbewußten Frauen, da diese auch von ihnen eine gewisse Emanzipation forderten und deshalb nicht mit der alten Masche zufriedenzustellen seien. »Wir sind eine Herausforderung«, sagen jene. »Wir haben uns entwickelt und gezeigt, daß dies möglich ist.« Scheuen Männer diesen Prozeß noch heute? Ich weiß es nicht. Mir scheint, auch sie mühen sich in den Grenzen ihrer Möglichkeiten, wenigstens einige.

Es herrscht auch keine Übereinstimmung darüber, wie ein Mann zu suchen sei. Soll man überhaupt suchen? Ich bin dagegen. Ich bilde mir ein, er kommt, wenn er kommt. Das trägt mir von gewissen Damen die Rüge des Fatalismus ein, man prophezeit mir schlimme Folgen. Diverse Frauenzeitungen halten immer wieder Tips parat. Wo man es aufspüren konnte, das scheue Wild Mann. Ich sehe keine allzu großen Erfolge bei unserem Außenflügel, der sich der Jagd verschrieben hat.

Ilse hat neulich eine neue Liebe im Stoffgeschäft kennengelernt. Das spricht für meine These. Er trat ihr auf den Fuß, in der Crêpe-de-Chine-Abteilung. Wer erwartet dort einen Mann? Ilse ist also saniert. Wir anderen ziehen unsere Schlüsse. Es ist natürlich möglich, die gewünschten Partner nach strategischen Plänen aufzuspüren. Wie ist ein Mann, den man im Feinkostladen vor den Schinken und Räucherwürsten kennenlernt? Ist er ein Freßsack oder ein Gourmet? Die Frage bleibt offen.

Nun lese ich unentwegt, daß die Männer auch so einsam sind, wo sind die eigentlich? Ich sehe sie in den Bars zusammenhocken, ich sehe sie im Fitneßclub schwitzen, ich sehe sie auf Messen herumlungern, auf Vernissagen. In ihrem Auge steht Mißtrauen, nicht Sehnsucht.

Viele von uns Frauen sind einsam, wenn auch nur gelegentlich und verstohlen. Leisten dürfen wir uns das eigentlich gar nicht, wir haben gefälligst tapfer zu sagen: »Wir können sehr gut ohne«, aber an manchen Abenden — nun ja. Natürlich haben wir alle Angebote — bitte sehr. Aber eben nicht die richtigen. Da sind die Herren, die Halt suchen — wollen wir das? Da sind die, die Unterhalt suchen — wollen wir das? Dabei sind die, die Unterhaltung suchen, noch die Besten, aber auf lange Sicht? Da sind die Verhaltenen (Sex spielt keine Rolle mehr für mich) und die Haltlosen (Sie sind doch auch kein Kind von Traurigkeit, liebe gnädige Frau!) und die Handhalter (Ich suche einen Kumpel). Wir sind uns einig. Seit wir keinen Mann mehr »brauchen«, so wie früher, nämlich in Abhängigkeit, wünschen wir uns einen erwachsenen und gleichwertigen Partner, der uns so akzeptieren kann, wie wir sind, ohne uns kleiner oder größer machen zu müssen, ohne in seiner Männlichkeit zu leiden, wenn wir neben ihm »stehen«, nicht »liegen« oder »sitzen«.

Fast all die Frauen, von denen ich hier spreche, wünschen sich einen Kerl, der ihnen erlauben kann, so zu sein, wie wir gottlob jetzt sind, und der bereit ist, die Bemutterung und Bevaterung abwechselnd ins Skript aufzunehmen. Einen, der uns nicht auf eine von uns mühsam überwundene Rolle festzulegen trachtet, damit er sich, wie er glaubt, wohl fühlen kann.

Allein sind wir jedenfalls nicht, auf jedem Fest trifft man ganze Rudel der prächtigsten Singlefrauen, vielleicht liegt es daran, vielleicht verwirrt das Angebot die Nachfrager. Dennoch. »Keinen Mann um jeden Preis«, sagt Shere Hite. Wir stimmen ihr zu. Aber nicht für alle Zeiten, bitte!

Im ›Spiegel‹ lese ich, die Männer rüsteten sich dazu, den wilden Mann mit Gemeinsinn und Verantwortungsgefühl auf den Markt zu werfen. Einen Kerl, der sich auf die tiefen Quellen männlicher Kraft berufen kann und deshalb seine kraftvolle Partnerin genießt und nicht verbraucht, fürchtet, niederzwingt oder nicht ernst nimmt.

Kann man das noch abwarten? Schön wäre das.

Noch immer bin ich nicht ganz dahintergekommen, warum ich es überhaupt tue, sicher gibt es eine ethnologische oder sozialhistorische Rechtfertigung aus dem Holozän oder so. Wer weiß, wie sich unsere haarigen Vorfahren damals ausgedrückt haben, ein Heben des Brauenwulstes? Ein Vorweisen der Eckzähne? Der heutige Mensch sagt einfach »Leihst du mir bitte...«, und schon schau' ich mir zu, wie ich etwas verborge — gegen besseres Wissen und mit schlimmsten Vorahnungen. Gegenstände, die man verleiht, haben ein Schicksal. Das fängt mit der Tasse Zucker und den zwei Eiern an, die man sowieso gleich abschreibt, weil sie nie zurückkommen, das kann man noch irgendwie als Walten der Natur betrachten, man borgt sich irgendwann eine Tüte Semmelbrösel von jemand anderem und gibt sie nie zurück, das hat eine Logik. Anders bei Objekten, die man liebt, braucht und an die man gewöhnt ist. Mein Tacker z. B., auf den ich achte wie auf mein Augenlicht, ist immer dann verliehen, wenn ich ihn haben will. Er kommt zurück, selbstverständlich mit leerem Magazin, womöglich marode und dann auch erst, nachdem ich dreimal telefoniert habe. Hat irgend jemand schon mal einen verliehenen Gegenstand zurückbekommen, ohne daß er irgendwie lädiert war? Autos sind da ein Paradebeispiel, Schallplatten geradezu Klassiker, von Scheren, Messern und Fönen ganz zu schweigen.

Natürlich behaupten die Ausleiher, absolut entnervt von dem kleinlichen Kampf um die Rückgabe, das Objekt wäre bereits versehrt in ihre Hände gekommen. Dabei muß man noch froh sein, wenn es überhaupt zurückkommt. Meine Polaroidkamera etwa vermisse ich heute noch, keiner will sie gehabt haben, meine große Salatschüssel fehlt seit einem Jahr. In fremden Haushalten fahnde ich diskret in allen Schränken. Der kann was erleben, den ich überführe. Der

Verleiher aber weiß, daß, wenn das Ding nicht die Initialen eingeritzt trägt, eine Besitzerschaft nur schwer zu beweisen ist. »Die hab ich seit meiner ersten Ehe«, heißt es, oder: »Die hat Anna mir gestern geliehen.« In jeder Wohnung, und ich gebe zu, auch in meiner, gibt es Objekte, die hier keinesfalls zu Hause sind und deren Besitzer nicht mehr zu ermitteln sind. Aber wie kommt es, daß bei mir immer überflüssige Dinge wie Nußknacker und Kleiderbürsten hängenbleiben?

Am schlimmsten ist es mit Büchern und Musikkassetten. Ich weiß, dort habe ich meine masochistischen Leckstellen. Bücher, die mir gefallen, trachte ich geradezu brachial unters Volk zu bringen: ein Missionar mit Sendungsbewußtsein, warum nur? Nichts ist grauenvoller, als in den Bücherschrank zu greifen und dort, wo das eine bestimmte dringlich benötigte Lyrikbändchen zu stehen hat, eine Lücke vorzufinden. Das alles an einem Abend mit Vollmond und geschwächt von einer liebeskranken Seele, die unaufschiebbar des Trostes der Poesie bedarf. Nachschlagewerke, Duden, Wörterbücher, historische und psychologische Schwarten, die man bei der Arbeit nur aus dem Fundus zu greifen gedenkt, liegen irgendwo in fremder Umgebung herum, ungeliebt und verstaubt. »Weiß nicht, wer mir das geliehen hat, taugt auch nichts«, heißt es. Abgängige Krimis mag man ja noch verschmerzen, man hat sie gelesen, aber warte, bis einen eine Grippe aufs Lager zwingt und man sehr wohl die alten Mörderplots noch einmal durchzuleiden bereit wäre. Nun habe ich Listen gemacht, aber die verschwinden dann irgendwo, oder ich vergesse einzutragen, wer was zurückgegeben hat, und nach der zweiten falschen Rückforderung nehmen mich die Ausleiher nicht mehr ernst und behaupten frech, nie ein Buch von mir empfangen zu haben. Musikkassetten, die man auf gemeinsamen Autoreisen mitgeführt hat, kehren nie zurück. Andere, die liebe Freunde mit in den Urlaub nahmen, kehren verschmort heim, leiern, reißen. Am besten, man schenkt sie gleich her, da erspart man sich Bitterkeit und die schrägen Blicke, mit denen liederliche Ausleiher einen tobenden Rückforderer bedenken. Den Morgen, an dem man sich mit »Talking heads« peppen will, kann man vergessen, die Nacht, in der Satie unerläßlich gewesen wäre, nimmt ohne ihn ihren Lauf. Was nutzen die späte Reue, die ohnmächtigen Flüche?

Mein Vater sagte immer, man verleihe weder seinen Füller, noch seine Zahnbürste, noch seine Frau. Liebe Zeit, die haben sich's leicht gemacht damals. All das hab' ich bereits in irgendwelchen drangvollen Situationen verleihen müssen. Eine Frau hab' ich natürlich nicht anzubieten, aber als ich Joachim für ein Fest meiner Freundin Gigi überließ, um ihren abtrünnigen Liebhaber eifersüchtig zu machen, habe ich die ganze Nacht kein Auge zugetan. Joachim sagt, er wäre danach unbeschädigt heimgekehrt – das sagt man so. Nochmal geb' ich ihn nicht her. Leute wie ich, die praktisch immer wieder alles verborgen, obgleich sie wissen, was dabei herauskommen kann, sind irgendwo partiell verrückt. Ich werde mich gegen meine Schwäche stemmen, auch weiterhin, auch wenn ich damit gegen meine Konditionierung aus der Steinzeit handele.

# Anrufbeantworter

Wer hat Angst vorm Anrufbeantworter? Oder sollte man fragen: Wer gerät in Aggression beim Klang der Dosenstimme? Da gibt's Leute, die pfeifen nach dem Pfeifton einfach auch — sonst nichts. Andere lachen, singen, klagen, mein alter Vater fühlt sich beleidigt und schimpft.

Nach einem auswärtigen Wochenende erwartet einen zu Hause das reinste Hörspiel. Es gibt auch Musik. Manch einer hält einfach den Hörer an den Recorder, man kann dann raten, wer das war, der am Sonntag Sibelius gehört hat. Einfach ist das nicht. Natürlich gibt's auch Antwortprofis, die Uhrzeit des Anrufs, Name, Nummer und Anliegen herunterrattern, als wären sie selbst eine Bandaufnahme. Andere finden kein Ende und werden rüde mitten in einem dramatischen Satz vom Schlußpfeifen unterbrochen. Die, die sich darauf verlassen, daß man ihre Stimme erkennt, und nur rufen »Bussis, du altes Rübenschwein«, geben einem oft Rätsel auf. Dennoch, der Anrufbeantworter ist, einmal angeschafft, die reine Wonne. Früher, das gebe ich zu, habe ich solche Apparate gehaßt. Das war vor meiner Besitzerzeit. Wie nach einer Ohrfeige ließ ich alsbald den Hörer auf die Gabel knallen. Aber heute? Natürlich gibt es Leute, die legen ihr gesamtes Arsenal an Kreativität und Einmaligkeit in die kleine Ansage. An mich ist dergleichen jedoch verschwendet. Weder die doppelstimmige Ansage eines Paares — abwechselnd, wie eine Käsereklame im Radio — noch die einleitenden Sphärenklänge anderer Besprecher — Richard Strauß, ›Zarathustra‹ — entlocken mir Sympathie. Auch die neckischen Floskeln, die einem die Enttäuschung nehmen sollen und die treuherzig schwören, wie groß die Freude über eine Botschaft wäre, finden bei mir kein geneigtes Ohr. Ich hab's gerne sachlich, sonst kann auch ich nicht sachlich bleiben.

Ein alter Dichter, den ich kenne, hat eine Nachricht, die

mir imponiert: »Ich arbeite, das werden Sie verstehen, schicken Sie ein Telegramm«. Kein Pfeifton, keine Zeit, um was zu hinterlassen.

Die Wundermaschine nämlich hält einem die Leute vom Leibe, die anrufen, um sich nicht zu langweilen, um Dampf abzulassen, um Seelenmüll loszuwerden. Man kann danebensitzen und eingreifen, wenn man beschließt, da zu sein. Wo nicht, kann man sich immer damit herausreden, daß der Apparat die Botschaft irgendwie gelöscht hat. Bitte sagen Sie das nicht weiter! Schön ist es, daß man nichts versäumt. Ich erinnere mich gut an Zeiten, in denen ich neben dem Telefon hockte, einen ganzen Tag lang, weil ›er‹ vielleicht aus Timbuktu anrufen würde — vielleicht! Ausgehängt hab' ich das Ding, wenn ich Zigaretten kaufen ging. Heute kann ich mir sein Gesäusle so oft anhören, wie ich möchte, wie war die Tonlage seiner Stimme? Wie die Hintergrundgeräusche? Wie dieser eine tiefe Atemzug, bevor er sagte …

Zurück zum mechanischen Sekretär. Schlimm wird's erst, wenn man mit vielbeschäftigten Freunden nur noch per Anrufbeantworter spricht, wenn man unsicher ist, ob das Objekt der Leidenschaft nicht neben dem Apparat liegt und gerade mit anderem befaßt ist. »Ach, das ist meine Cousine Mara, da brauch' ich jetzt nicht rangehen, Schatz!« Schlimm ist auch, wenn man ein paarmal verzweifelt angerufen hat und immer wieder die coole Geschäftsstimme das gleiche abläßt wie vor einer Stunde. Da versteh' ich dann eben doch die Leute, die unflätig werden. Aber wir, die wir den Umgang mit den Teufelsmaschinen gelernt haben, wissen uns zu zügeln.

Meine Freundin Ellen hat sich ihr Band von einem Schauspieler besprechen lassen, eine tiefe rauchige Stimme, die einem einen wohligen Schauer über den Rücken jagt. Ich frage mich, ob ich sie nach seiner Adresse fragen soll — für meinen Apparat natürlich, für was sonst.

## Taxis

Ich liebe es, im Taxi zu fahren. Eine Leidenschaft, die mich noch geldlich ruinieren wird, sagt mein Vater, der meine Belege für die Steuer prüft. Aber Hand aufs Herz, was ist tröstlicher, als zu einem kniffligen Termin gefahren zu werden, für 15 Minuten verantwortungslos wie ein Säugling im Fond eines fremdgelenkten Gefährts und ohne steigende Unruhe bei der Parkplatzbeschaffung. Man geht im stillen alle Punkte nochmal durch, die wichtig sind, entspannt sich und döst — wo möglich —, dem Luxus und dem leisen Gefühl, über seine Verhältnisse zu fahren, hingegeben. Auch nach der fürchterlichen Szene mit dem Liebsten sollte man sich eine Fahrt im Taxi gönnen, einmal durch den Park vielleicht, und sich dabei vorstellen, wie er jetzt zittrig nach dem Autoschlüssel kramt, flucht, die Türe knallt und den Motor abwürgt.

Allerdings, nicht immer gelingt es einem, das Taxi als bergenden Uterus zu erleben. Taxifahrer sind ein eigener Volksstamm mit spezifischen Macken. Ich will hier nicht von dem New Yorker Cabby erzählen, der mir das zu mager geratene Trinkgeld vor die Füße warf, noch von seinem Kollegen in Surabaya, der eine Stunde nach dem Goethe-Institut suchte. »Soon — lady — soon.« Auch Taxifahrer der heimischen Machart können einem, so man Pech hat, die Reise versalzen. Da sind die mitteilsamen Verkehrscholeriker. »Da ... wie der mich geschnitten hat, der Anfänger, der Sauhund, bei uns fahren bloß mehr die Idioten« oder »Natürlich, Frau am Steuer! Ja, wo willst'n jetzt hin, du Gewitterziege!« Sie erwarten wütende Teilnahme von seiten des Fahrgasts. Dann die rigorosen Jammerer. »Ich komm' grad vom Arzt, und er sagt, Nierensteine, viel trinken, sagt er, mein Leben war ich immer stolz darauf, daß ich nichts trinken muß, wenn die andern am Wasserhahn hängen, nach 'm Radeln oder so ...« Nun ja, zwischenmenschlicher Austausch tut manchmal ganz gut. Schlimmer sind die Politisierer, die sich über die Ausländer auslassen wollen, die Nutten im Stadtbezirk, die Ossis, die Todesstrafe. Bei Einwänden überlegen sie im stillen, ob sie einen nicht raussetzen sollen, natürlich dürfen sie das nicht und tun's auch nicht, aber sie machen's einem recht ungemütlich. Manche empfangen einen in einer Wolke aus Knoblauchduft oder ähnlichem. Das mag hingehen, wenn man einen unempfindlichen Tag hat — aber bei Kater?

Fürchterlich sind die nervösen Anfänger, die einen verzweifelt mit dem sich unwiederbringlich auffaltenden Stadtplan konfrontieren: »Hildegardstraße? — Nie gehört.« Gerade das will man aber nicht: suchen, wo er fahren soll, das ist nicht ausgemacht. Wenn schon Gespräche, dann liebe ich Schilderungen von Überfällen (man kommt sich so engelhaft vor, man hat *kein* Messer in der Tasche), heitere Erzählungen aus dem Leben (wenn gut gebracht) und Komplimente (»Ein Parfum ham Sie!«).

In manchen Autos ist die Beschallung wie in einer Disko. Operettenklänge und ländliche Zithermusik können mich früh am Tage stark eintrüben. Politdebatten am Abend rauben mir den Schlaf. Natürlich gibt es auch unzählige nette Taxifahrer, höflich, umsichtig, versiert und positiv — aber die sollen hier nicht besprochen werden —, sie leben dennoch hoch! Die wirkliche Qualität zeigt sich daran, wie zum Beispiel ein 100-Franken-Schein nachts um drei gewechselt werden kann, wie der Vordersitz verstellt wird, automatisch, wenn ein langbeiniger Gast wie ich sich ins Auto faltet, wie der eilige Reisende im Stau beruhigt wird und welche Schleichwege der Fahrer anzubieten hat.

Ohne Taxis zu leben wäre für mich die Hölle, und in Stadtteilen, in die ich verschlagen war und die mit keinem Taxi aufwarten konnten, habe ich die schlimmsten Stunden meines Lebens verbracht.

Es gefällt mir auch, dem Sprechfunk zu lauschen: »Ecke Georgenstraße/Isabella- eine alte Dame mit drei Hunden und einem Schrankkoffer ...« — »Bin schon unterwegs.«

Wer ist jemals so willig unterwegs, wenn man mit sperrigem Gut rasch wohin will? Verwandte? der Liebste? der Ehemann?

Mein Vater meint, ich solle öfter U-Bahn fahren. Mach ich ja auch. Aber für die Tiefpunkte im Leben einer Frau muß nach wie vor ein Taxi herhalten.

Bodo meint, es läge daran, daß verheiratete Männer sozusagen durch den TÜV wären. Bodo denkt immerzu an Aids — ich finde ihn in diesem Fall nicht wirklich komisch.

Runi, meine Freundin, ruft an und weint. Das Wochenende allein, er ist segeln mit seiner Familie. Es fällt mir schwer, nicht ungeduldig zu werden. Das macht er jedes Wochenende, wenn er nicht gerade langläuft — mit der Familie, wegen der Kinder, versteht sich, seine Frau, nun ja, sie scheint ein Monster zu sein, wenn man Runi glaubt, der Mann ist ein Heiliger, der nur bei ihr ausharrt, bis die Kinder groß sind. Das aber dauert noch, bis dahin ... Runi hat vor zu warten, was soll sie anderes tun? Der Mann ist die Liebe ihres Lebens, sagt sie, seit drei Jahren fällt sie von einer Taktik in die andere, was seine Behandlung betrifft: Da ist die Ja-nichts-fragen-Taktik, die Bloß-keinen-Zwist-Taktik (den hat der Arme zu Hause), dazu muß viel böses Blut in Runi umgeleitet, viel Ärger verschluckt werden. Dazwischen dann zuweilen die Ich-werd's-ihm-schon-zeigen-Kampagnen: ausgehen mit anderen Männer, das Telefon nicht beantworten, geheimnisvolles Schweigen darüber, was sie, Runi, sonntags macht — die schiere Quälerei. Dann wieder gibt es Einbrüche, sie beschimpft ihn, stellt ihn zur Rede, klagt, schreit, wütet. »Die ganze Zeit, während ich das tue, weiß ich, daß ich Punkte verliere«, sagt Runi. Diese Punkte sind ungeheuer wichtig. Es gibt da eine heimliche Liste, die sie führt. Es ist unerläßlich, ihm klarzumachen, daß es ihm bei ihr besser geht als bei der da, daß er ohne sie nicht leben kann. So ein Abend mit Vorwürfen und Selbstmitleid kann alles gefährden. Runi wohnt in einer anderen Stadt, und seit sie diesen verheirateten Mann liebt, bin ich als Freundin eigentlich nur noch zur Telefonseelsorge gefragt. Das heißt, es ist schwer, mit Runi über anderes zu sprechen als über ihn. Dort, wo sie lebt, geht das nicht, keiner darf es wissen. Ich füge mich, wenn auch manchmal murrend. Was ist schon eine Grippe und der Ärger im Verlag verglichen mit Runis Ängsten und Elend. Natürlich habe ich schon oft, wenn es auf der Kippe stand (als er gestand, er schliefe doch noch mit der Ehefrau, als er den gemeinsamen zweitägigen Urlaub abblies) versucht, Runi gegen ihn zu beeinflussen. Aber ich hab's aufgegeben. Was weiß denn ich hier an meinem Telefon, was Runi für ihn fühlt? Das klingt, als sei Runi im Zugzwang, was Männer betrifft, keineswegs, sie ist noch jung, und sie ist erfolgreich, klug und schön, und das weiß sie auch. Runi ist Redakteurin bei einer großen Frauenzeitung.

Im Augenblick sieht es so aus, als läge bei meinen Freundinnen das Problem verheirateter Männer obenauf. Runi ist nicht die einzige, die sich damit herumschlägt. »Was ist nur los?« fragte neulich eine befreundete Therapeutin. »Über die Hälfte meiner Patientinnen hat Affären mit verheirateten Männern.« Unglückliche Affären, wohlgemerkt. Nun ist das alles keineswegs neu, ganze Stapel von Illustrierten haben so oder so sich diesem Thema gewidmet. Unzählige Filme und Bücher handeln von diesem Drama. Alle wissen Bescheid. Aber vielleicht kann man nicht lieben *und* an den Abgrund denken. Vielleicht muß man einfach ganz neu anfangen und glauben, daß man siegt. Jedesmal wieder? Ganz gleich mit wem. Ich selbst habe erst einen Fall erlebt, in dem die Geschichte »glücklich« endete. Aber was ist schon glücklich, wenn man an die verlassene Ehefrau denkt. Der Himmel möge einen bewahren vor solch einer Leidenschaft.

Mutter, die's ja angeblich immer am besten weiß, hat damals nie einen Hehl daraus gemacht, was sie über Frauen dachte, die sich mit Ehemännern einließen. Sie hielt sie nicht nur für töricht, sondern auch für liederlich, ja, für untragbar für die menschliche Gesellschaft. Es geschah denen recht, wenn sie auf die Nase fielen. Nun haben wir alle versucht, uns aus Mutters Vorstellungsmustern zu lösen, und mit ihrer Moral wollten wir uns eigentlich nie messen. Ich frage mich, ob wir uns nicht vielleicht im Grunde gegen

Mutters Warnung auflehnen, trotzig lustvoll sozusagen, und damit gegen die Moralvorstellung unserer Umgebung. Es gibt ja noch andere Dinge, vor denen man uns warnte, seit wir denken können, sind nicht das eigentlich die Dinge, die Spaß machen, gerade deshalb? »Die Liebe eben ... man ist machtlos«, sagt Ilse. »Dieser Mann ist vom Leben für mich gedacht, ich weiß es«, sagt Runi. Aber sprechen sie wirklich von »diesem Mann«? Lieben sie wirklich diesen Mann, also auch die Seite an ihm, die sie ausblenden müssen, um glücklich zu sein? Den Teil nämlich, den er mit der Frau, mit den Kindern lebt und an dem er meistens festhält, auch wenn er die Kraft dieser Bindung herunterspielt, ja, zeitweilig sogar selber glaubt, sie abstreifen zu können? Besser müßte es eigentlich heißen: Ich könnte ihn lieben, wenn ..., so aber spaltet man ihn auf, und damit sich selbst *und* das Gefühl für ihn.

Wir alle wissen nie genau, wann der Augenblick gekommen ist, an dem die Liebe beginnt. »The point of no return« nennt ihn Runi. Wann stimmt man zu? Wann verliebt man sich in den Mann, der dieser Mann sein könnte, wenn ...

Aber kann man sich's aussuchen? Ich weiß es nicht. Man hat leicht reden, wenn man selbst noch nicht in diese Situation geraten ist. Von außen betrachtet sieht das Ganze so fürchterlich durchschaubar aus. Es läuft nach bestimmten Spielregeln ab (das klingt entsetzlich). Barbaras Freund war am Anfang so in sie verliebt, daß er sofort bei ihr einzog, obgleich sie das eigentlich gar nicht wollte. Wir alle haben die beiden danach erlebt. Man konnte glauben, der Mann würde Barbara im nächsten Moment vor Liebe auffressen. Natürlich verstand ihn seine Frau nicht (ich bitte um Entschuldigung, dieser Satz ist schon zu oft als Scherz zwischen uns hin und her gegangen), sie war ihm auch im Bett nicht recht (10 Jahre Ehe), sie unterdrückte seine Kreativität (er schreibt nebenbei), sie hatte die falschen Freunde. Barbara ist Malerin und kennt sich gut aus in der Kunstszene. Sie ist eine unbürgerliche Chaotin und fängt eben an, mit ihren Arbeiten Erfolg zu haben. Barbara war wie die Quelle in der Wüste für ihn. Er bekannte sich zu ihr, es ging alles so schnell, daß uns Hören und Sehen verging. Jetzt ist er wieder ausgezogen. Die Frau hat ein paarmal angerufen bei Barbara und nach ihm gefragt. Er sagt, er kann nicht mehr richtig arbeiten, seit er bei Barbara wohnt. Er sagt, er kann niemandem weh tun (er meint seine Frau). Er sagt, er sei ein Wurm, er könne sich nicht leiden, es sei ihm alles zuviel. Man versteht ihn ja, aber es ist für uns Freunde nicht leicht. Barbara kann auch nicht mehr richtig arbeiten, aber erst seit er ausgezogen ist. Sie hat ihre spielerische Leichtigkeit, mit der sie zu Anfang unsere Unkenrufe in den Wind schlug, gänzlich verloren. Auch ihre Abenteuerlust, mit der sie zu Beginn eher Herr der Lage zu sein schien, ist ihr gründlich vergangen. Seit die andere Frau ihn jetzt doch behalten soll, will auch sie ihn für sich haben, das ist ihr aber erst jetzt so richtig klar geworden. Am Anfang haben wir oft gelacht über ihn. Plötzlich haben sich die Rollen vertauscht. Was macht nur einen Mann so anziehend, wenn er eine andere Frau liebt oder jedenfalls nicht von ihr wegkommt? Es liegt mir fern, nun ein Psychogramm der Ehe aufzuzeichnen. Mich interessiert ein anderer Punkt, dazu muß ich etwas vereinfachen. Also, ein Geliebter ist eben anders als ein Ehemann, er hat im Rücken sozusagen sein gut gelüftetes Seelenzimmer zu Hause, eine Frau, die ihn je nachdem tröstet, kritisiert, aufmuntert und mit alltäglichen Krisen konfrontiert. Sie kennt ihn in verwaschenen Unterhosen, hustend, katerig und kleinmütig und geht damit mehr oder weniger gut um. Damit ist eine graue Alltagszone an ihm bedient und untergebracht. Nun kann er als Liebhaber seine zitternden, schillernden Schmetterlingsflügel öffnen und sich von seiner besten Seite zeigen. Er kann es sich leisten, geduldig, humorvoll und großzügig zu sein. Er kann sich in ungeahnten Positionen profilieren. Wenn er kommt, geht die Sonne auf, wenn er da ist, gibt's keine Steuererklärung, wenn er erotisch wird, steht alles zu Diensten, wenn er geht, knipst er das Licht im Paradies aus. Seltsam ist nur, daß die Frauen, die ich kenne, bald überfüttert sind vom Zauber dieses erschlichenen Glückstaumels, sie fangen an zu schmollen und werden plötzlich sehnsüchtig nach verwaschenen Unterhosen, Husten und Frühstücksgeschirr. Tun sie das, weil sie sich eigentlich nach einem Ehemann sehnen, nicht nach einem Liebsten, oder ist die Vorstellung, daß eine andere ihm Wadenwickel macht, wenn er unrasiert und siech zu Bette liegt, einfach unerträglich? Oder ist es vielleicht das verstohlene Wissen, daß es eigentlich die sicheren heimatlichen Fleischtöpfe sind, die diesen außerehelichen Taumel ermöglichen? Ist es der trotzige Versuch, diese Erkenntnis Lügen zu strafen? Vielleicht möchte man als Geliebte eben gerade beweisen, daß man auch als Ehefrau am Abendessenstisch weiter solche Leidenschaft entfesseln kann wie als Geliebte beim Champagnerlunch im Hotelbett. Es ist geradezu rührend, wie der Champagner unerläßlich zu sein scheint bei Liaisons dieser Art. Sofort denkt man an Séparées der Jahrhundertwende. Warum wohl? Wie banal — für Außenstehende! Der süße Geschmack des Verbotenen? Die glitzernde Eintagsfliege? Die gestohlenen Küsse? Ja — aber irgendwann muß eben alles dann doch seine Ordnung haben. Ist man sonst »so eine«? Ich habe es nicht ergründen können.

Ich habe auch Männer gefragt, Freunde von mir — auch gebeutelt, aber nicht so gebeutelt wie die Frauen, wenn es um die Liebe zu einer verheirateten Partnerin geht. Erstaunlicherweise gelingt es zum Beispiel Bernd, seine Eifersucht auf den Ehemann seiner Geliebten mit dem Triumph in Schach zu halten, diesem Idioten Hörner aufzusetzen. Denn es kann sich nur um einen Idioten handeln, der das, was zwischen seiner Frau und Bernd vor sich geht, nicht bemerkt. Außerdem glaubt er, daß seine Geliebte sich erst mit ihm erotisch entwickelt hat. Also? Keinesfalls möchte er, daß sie sich trennt von diesem Versager von Ehemann. Ich habe ihn noch nie wegen einsamer Wochenenden greinen hören. Verbirgt er sich und uns seinen Schmerz? Es sieht nicht so aus. Auch Dieter duldet den um vieles älteren

Ehemann seiner Herzensdame mit erstaunlicher Gelassenheit. Man hätte ihn früher als Hausfreund bezeichnet. Er fühlt sich in diesem kinderlosen Haushalt fast wie das Kind. Die beiden Männer vertragen sich prächtig. Dieter schwört, daß sein Rivale nichts ahnt. Er wundert sich, daß die Frau in diesem gemütlichen Nest gelegentlich durchdreht. »Es geht uns allen gut«, sagt Dieter. Nun muß ich gestehen, daß mich etwas Neid ankommt, wenn ich sehe, wie jemand so leichtfüßig mit solchen Geschichten umgeht. »Hamsun sagt: es gibt nur eine Liebe – die gestohlene –, er hat recht«, schreibt Gottfried Benn in einem Brief an Reiss. Ich frage mich, ob Frauen das auch so sehen können? Zu Anfang können sie's schon, das ist wahr. Meine Freundin Ilse, eine Cutterin beim Fernsehen, ließ zu Beginn ihrer Liaison keinen Zweifel darüber aufkommen, daß sie nur die guten Seiten dieses Mannes zu verwerten gedachte. Sie war ihm auch nicht treu, sie wartete auch nicht sehnlich auf ihn. Wenn er kam, kam er, und dann war's schön. Von seiner Frau wollte sie nichts hören, weder Gutes noch Schlechtes. Sein Problem! sagte sie. Ohne große Erschütterung duldete sie den Anblick des Ehepaars bei Festen, ein kleines Lächeln um die Lippen. »Ich habe die beste Rolle in dieser Farce«, sagte sie. Wir, die Freundinnen, fühlten uns nicht ganz geheuer dabei. Der Übergang ging ganz allmählich vonstatten, es war, als hätten heimliche Buschtrommeln die Botschaft weitergegeben: Ilse ist nicht mehr frei. Die früheren Geliebten fingen an, sie zu vernachlässigen, zeigten kein Interesse mehr an Ilse. Es mußte an ihr liegen. Sie erzählte keinem etwas, und doch hatten sich ihre Signale verändert. Sie fand keinen Gefallen mehr daran, allein auf Feste zu gehen, in Urlaub zu fahren, ja sogar Leute zu sich einzuladen. Sie fing an zu warten, auf Telefonanrufe, Briefe, Treffen. Zuerst noch amüsiert über ihre Verrücktheit. Aber so was hält man nicht lange durch. Jetzt sagt sie fürchterliche Sätze über ihre Liebe, denn jetzt ist es Liebe, versichert sie. »Wann hat's angefangen, Liebe zu sein?« frage ich sie. »Als es weh tat«, sagt Ilse.

Ich dachte, so was hätten wir alle hinter uns.

Ilse sitzt fest, es geht nicht vorwärts noch zurück. Sie ist wütend und traurig. Sie weiß nicht mehr aus noch ein.

»Ich fühle mich wie der Schinken in der Vorratskammer des Ehepaars S., wenn sie ein bißchen neue Erregung brauchen, schneiden sie ein Stück von mir ab.«

Sie behauptet, die Ehe ihres Geliebten profitiere von seiner Liaison mit ihr. Die Ehefrau schließe zwar die Augen vor der Realität, nehme aber die Vorteile hin. Ich weiß nicht, ob sie recht hat. Diese Zusammenhänge sind zu kompliziert für unbeteiligte Zuseher, und man kann Ilse nicht immer trauen, wenn sie auf diese Ehe zu sprechen kommt. Er sagt, er könne sich nicht entscheiden. Wenn ich das höre! Das sagen sie eigentlich alle. Ilse behauptet, ein Mann finde es eigentlich in Ordnung, zwei Frauen zu haben, »eine Mutter« und »eine Hure«, wie meint sie das? Also hält sie sich für eine Hure, eigentlich doch? Und wieso? Schuldgefühle, Moralbegriffe, ich weiß es nicht. Ist das nicht ein Rückfall in die Barbarei? Haben wir solches Denken nicht immer den Männern vorgeworfen? Wichtig scheint auch in dieser Liebe der Punkt, daß sich ein Mann zu einem als Frau bekennt. Immer noch?

»Verheiratete Männer sind gut, denn sie sind sozusagen schon domestiziert«, sagt Ralf, ein Fotograf. »Eine Frau hat sie schon soweit bearbeitet, daß man nicht auf dem untersten Niveau von Erkenntnis bei ihnen anfangen muß.« Das klingt brutal.

»Das ist doch das alte Schema«, sagt meine Freundin Doris, »der Mutter den Vater wegnehmen wollen, das ist eben erregend und gibt der Sache Pfeffer.« Ob das so einfach ist? Martha meint, es gäbe eben nicht so viele nette Männer, daß es für alle reicht, das, finde ich, klingt geradezu resigniert. In einem Krimi, den eine Frau geschrieben hat, las ich neulich: »Ehemänner sehen immer so hungrig aus.« Vielleicht liegt es daran?

Meine Freundin Bo ist 22, und sie hat sich nach einem Jahr getrennt von ihrem Liebsten. Das ist nun eine Weile her, verwunden hat sie ihn keineswegs. Wir haben alle gesehen, wie sie blaß und starr wird, wenn sie ihm begegnet. Er ist viel älter als sie und kann sich in seinem Beruf keine Fehltritte leisten. Bo war am Ende drauf und dran, ihn auffliegen zu lassen. Noch heute spielt sie mit dem Gedanken.

Eins ist sicher, die Freunde werden strapaziert, wenn es um solche gefährlichen Liebschaften geht. Es gibt kein Auffangnetz wie bei Eheproblemen oder gewöhnlichen Lieben. Die Heimlichkeit verändert alles. Der springende Punkt, die Irritation am Status quo, bleibt unverändert. Eine Ehefrau genießt als Rivalin immer das Mitleid der Umwelt, auch verstohlen das der Freunde von der Gegenseite. Ihre Rolle ist auch nicht eben beneidenswert. Als Freund ist man aber eigentlich aufgerufen, sie zu verdammen, weiter wird von einem verlangt, als Ventil zu dienen, ohne daß die Sache unter dem Leidensdruck vielleicht explodieren würde. Vielleicht tut man der Freundin gar nichts Gutes, sich ihre Klagen anzuhören. Vielleicht sollte man sie auf sich selbst zurückverweisen. Aber wer kann das schon, wenn ihm das Leid der Freundin unter die Haut getrieben wird. Ich habe es schon versucht, ohne großen Erfolg. Das Gesagte geht durch einen Filter, der nur die Ermutigungen durchläßt, die Botschaften der Loyalität, alles andere wird aussortiert.

»Vielleicht«, sagte meine Freundin Runi neulich am Telefon, »ist es einfach meine Angst vor einer wirklichen Bindung, vielleicht suche ich mir zum Lieben einen Mann aus, den ich ganz sicher nicht für immer und mit allem, was dazugehört, haben kann.« Da ist vielleicht was dran. Aber diese Augenblicke der Luzidität vergehen rasch. »Hab' ich dir schon gesagt, wie er seine Frau nennt?« fragt Runi mit zitternder Stimme. Nein — und ich will es auch nicht wissen.

## Natürliche Schönheit

Früher waren die Damen in Film und Fernsehen immer ordentlich gekämmt und perfekt geschminkt, ob nach einem Ritt durch die Wüste oder nach einer heißen Rangelei im Heuhaufen. Das hat sich ja nun heute gegeben. Jetzt schwitzen sie sogar. Eins aber ist geblieben. Immer, wenn sie aus dem Bett schlüpfen, liegt irgendwo griffbereit ein zarter Morgenrock, und den ziehen sie auch sogleich über, ob sie nun ein Glas Milch aus dem Eisschrank holen oder ihrem Herzensmann um drei Uhr morgens die Tür öffnen. Meist schlüpfen sie auch noch in Pantöffelchen.

Je öfter ich zur Zeugin dieser Szenen werde, desto verlegener empfinde ich mein eigenes bäuerisches Auftreten. In einem zu weiten und verwaschenen T-Shirt rolle ich aus dem Bett, tappe barfüßig zum Telefon oder in die Küche. Kein Lebensstil, das ist es. Hat je eine Frau im Kino schwarze Fingernägel gehabt, es sei denn, es handelt sich um eine Landstreicherin, hat es je eine Laufmasche gegeben am Bein der Heldin, es sei denn, sie verhilft der Handlung zu einem Höhepunkt (»Als du heute abend weggingst, Baby, war die Laufmasche am anderen Bein!«)? Hat es je eine Dame gegeben, die sich kratzt, im Ohr fummelt, sich in den Zähnen bohrt — nicht vor Leuten, o nein, allein zu Hause, im Morgenrock eben? Diese Wesen sind abends allein zu Hause, essen ihr einsames Omelettchen vom Teller mit Gabel und Serviette. Bin ich die einzige, die Brathering mit den Fingern ißt, aus der Dose, in der Badewanne liegend, den Fernseher in der offenen Tür? Und wieso sehe ich aus wie ein heimwehkranker Schimpanse, wenn ich weine? Ich erlebe immer nur schöne Gesichter, aus denen wundersam glitzernde Tränen rinnen, keine roten Augen, kein Doppelkinn, kein häßlicher Laut. Von denen, die krank sind und sterben, will ich gar nicht reden. Ich will mir ja gar nicht vorstellen, wie ich selbst bei der kleinsten Grippe verfalle. Dort jedoch, im sanften Licht gnädiger Lampen (wer einmal auf der Intensivstation war, weiß, wie da das Licht ist), verlöschen unsere schönen Schwestern sanft und passend wie gedimmte Glühbirnen. Selbstverständlich sind sie bei alldem auch noch Mütter entzückender Kinder.

Ja, es ist nicht leicht, als sterbliche Frau neben diesen Prachtwesen zu bestehen. An die Modemädchen (viele erst um die 13, lese ich, keine Falte!) haben wir uns ja schon gewöhnt, und das Playboyausfalteblatt zeigt »Plastikleiber«, wie Männer einem tröstlich versichern, nachdem sie eine gute Weile versonnen darauf gestarrt haben.

Säuferinnen allerdings und Fixerinnen zeigen in den Medien tapfer ihre zerschundene Visage, das ist auch rechtens so, wer sich so beträgt, verliert den Anspruch auf Überirdischkeit. Auch die böse Ehebrecherin, die dem lieben unschuldigen Frauchen den Kerl wegzerren will, verwandelt sich in eine gefleckte Hyäne. Pfui ist das! Und das soll man auch sehen. Aber der Rest? Die Braven?

Es ist nicht so, daß ich mir ernsthaft Sorgen mache. Eine wirkliche Konkurrenz sind die ja nicht, die Damen mit den zum Nachthemd passenden Morgenröcken. Man hat ja seine Herzensbildung, und ist man nicht auch als Naturprodukt von gewissem Reiz? Gewiß! Es gibt Tage, an denen glaubt man, der Abstand zur Perfektion wäre doch unüberwindlich groß, und dies, gepaart mit diesem deutlichen Mangel an gutem Stil im Alltagsleben, verdüstert etwas das strahlende Bild, das man gerne von sich selber bastelt, wenigstens gelegentlich.

Es ist wahr, ich habe einen Seidenmorgenrock, meine Mutter hat ihn mir geschenkt. Nur, immer wenn ich ihn rasch bräuchte, ist er nicht zu finden, und wenn ich ihn abends zurechtlege, am Fußende, wie ich es gesehen habe, vergeß ich ihn, wenn ich aus dem Bett robbe, jedesmal, und wenn dann der Postbote läutet, stecke ich wieder in dem zu großen Männermorgenmantel, den jemand mal bei mir vergessen hat. Da kann natürlich dann nichts werden aus ihm und mir. Ich brauche mich nicht zu wundern.

# Brillen

Ein Meilenstein in der Karriere Marilyn Monroes ist unbestritten ihre Darstellung einer unwilligen Brillenträgerin in ›Wie angelt man sich einen Millionär‹. Daß sie damit dem Vorurteil, Frauen mit Brillen sähen scheußlich aus, Zunder gab, konnte auch die Tatsache nicht mildern, daß es ihr gelingt, einen (ebenfalls bebrillten) Mann zu ergattern. Ich entsinne mich aus jenen Tagen, als Marilyn noch am Leben war, der Tränen meiner halbwüchsigen Schwester, die, kurzsichtig wie ein Maulwurf, eine Brille tragen sollte. Ich fand damals nichts dabei, fand eigentlich nie was dabei, eine Brille zu tragen, doch ach, nun ist auch bei mir Schluß mit den neckischen Sonnenbrillen. Ich brauche eine zum Lesen! Ich habe sie schon, trage sie aber nur an Tagen, an denen ich, seltsamerweise, schlechter sehe als sonst. Das gibt's, Psychologen haben da gewiß eine Deutung, wohingegen Optiker dem Phänomen vehement widersprechen. Es geht mir weniger um die »Entstellung« – sie ist rot und steht mir gut, sagt meine Umwelt (die mich nun auch zunehmend durch die Brillenaugen betrachtet). Anderes stört mich – ich bin von noch einem zusätzlichen Objekt meines Gebrauchs abhängig geworden. Ist es nicht schon schwer genug, auf all die Gerätschaften und »Gadgets« zu achten, die man tagtäglich braucht – ich erwähne nur kurz: Flaschenöffner, Feuerzeug, Nagelfeile, Adreßbuch, Hausschlüssel, Schere, Uhr und Meterband, alles Dinge, nach denen ich oft verzweifelt fahnden muß und die den Ablauf eines Tages empfindlich zum Stolpern bringen, wenn sie sich nicht finden lassen. Nun also noch die Brille. Wo war sie zuletzt? In der Tasche, im Bett, auf dem Klo, zwischen den Gewürzgläschen, unter der Morgenzeitung, im Milchladen? Oder – wie neulich – im Eisschrank? Ich verabscheue die Kettchen, mit denen manche Leidensgenossen sie um den Hals tragen. Im Futteral ist sie eigentlich nie, und mir schwant Fürchterliches für meine alten Tage. Eine Taufpatin in Mexiko wurde stellvertretend für den Täufling gefragt: »Antonio, was suchst du im Hause Gottes?« — Sie sollte von einem Zettel, den ihr der Pfarrer hinhielt, »ablesen«: »den Glauben« — antwortete aber erregt: »meine Brille«.

Harry, mein Vetter, hat drei Brillen. Sie wohnen in schöner Eintracht in seiner Brusttasche. Eine für nah, eine für fern und eine für nah und fern zusammen. Immer ist er nervös, wenn er eine herausholen will (ich verstehe ihn mittlerweile gut), und meist klammern sich die zwei Schwestern an das Modell, das aus seiner Tasche auftaucht — eine unordentliche Kette bleichgliedriger Gestelle und trüber Gläser. Meist fallen sie alle zu Boden.

Überhaupt das Putzen. Unentwegt muß man hauchen und putzen. Ich habe schon Männer mich durch zwei Zervelatwurstscheiben zärtlich anstarren sehen und habe, als ersten Akt der Intimität, diese vertappten Gläser gereinigt — an meinem T-Shirt. Eine Geste, die bei Männern gut ankommt. Obgleich man sie ja eigentlich aus Selbstschutz so herumlaufen lassen sollte. Schmutzige Gläser haben den Effekt eines Weichzeichners, wie im Film.

Als Kind sah ich einmal im Treppenhaus ein Liebespaar, das sich küßte. Beide hielten ihre Brillen in der linken Hand und weit von sich abgespreizt, als sollten sie nicht zusehen bei dem, was sich da ohne sie abspielte.

Nun bin ich selbst noch nicht so blind, daß ich mich schon samt Brille in eine heftige Umarmung gestürzt hätte. Auch bin ich ziemlich fingerfertig im Abnehmen derselben. Ich höre jedoch von langgedienten Brillis, daß bei einer leidenschaftlichen Umklammerung gelegentlich die beiden Brillenrahmen zusammenknallen wie die Geweihe von kämpfenden Hirschen in der Brunft. Ob das mein Kassenmodell aushielte? Noch geht es ja, aber es werden Tage kommen, da werde ich weder die Speisenkarte noch den Fahrplan lesen können, ohne in meiner Tasche zu rumoren, eine schreckliche Vorstellung. Ich weiß, es gibt da diese

Lorgnons. Modelle, die man nur zum Auftritt in der Öffentlichkeit vor die Augen hält. Noch eine Brille also zum Verlegen? — Nein! Womöglich brauch' ich dann auch noch eine fürs Kino und Theater. Und Sonnenbrillen? Auch die. Der Augenarzt warnt vor den Gefahren der Sonnenstrahlen, auch fürs Auge.

Mein Freund Ugo, kurzsichtig bis zur Blindheit, hat eine spezielle Tauchbrille mit geschliffenen, froschartig gewölbten Glotzern. Ob ich je soweit gehen werde? Ich glaube nicht.

Ist es nicht grausam vom Leben, daß man als Kind mit Einlagesohlen und Zahnspangen gequält und nach einer kleinen Verschnaufpause schon wieder mit Brillen gestraft wird?

# Das Land der lila Kuh

Es gibt da eine wunderbare ferne Welt, und täglich dürfen wir in unserem eigenen grauen Niemandsland einen Blick in dieses mit exotischen Wesen bevölkerte Paradies erhaschen. Leider sind die flüchtigen Botschaften kurz, brillant und schnell vorüber wie ein Traum. Statistiken jedoch zeigen, daß wir alle Gelegenheit finden, uns daran zu laben.

In dieser Welt kochen die Männer (Suppen hauptsächlich). Der Frust des Alltags läßt sich durch Tee wegspülen, der Bräutigam verfällt der Schwiegermutter, weil sie ihm Kaffee als Liebestrank reicht. Bildschöne Kinder werden zu liebevollen, dankbaren, klugen, gesunden Wesen, wenn man bei der Aufzucht auf die richtigen Dinge achtet (das geht von Bonbons, Weichspülern und heißen Hamburgern bis zur Lebensversicherung). Die Familie, durch das richtige Salatöl zusammengehalten, schart sich liebestrunken um den Tisch. In der Liebe ist sowieso alles möglich, der richtige Duftspray zieht die Männer an wie die Fliegen, Diamanten machen die Liebe haltbar wie Beton, Haarspülungen führen direkt auf eine blühende Wiese und ins ewige Glück. Und die Männer! Männer gibt es da, von denen können wir Frauen nur annehmen, daß es sich um Spezialzüchtungen handelt, die mit rohem Fleisch und Ultraviolettlicht gepäppelt wurden und die nach ihrem Auftritt verglühen wie Meteore. (Jedenfalls ist mir noch nie so ein Exemplar untergekommen.) Wie die unter der Dusche stehen, in Flugzeugen und auf Pferden sitzen, wie die ins Meer springen und wie die zugreifen — wo auch immer. Meine Lieblinge sind allerdings die alten Damen, die eben doch recht behalten haben (Schweinebraten — Mutter weiß es eben am besten), oder aber die sich von der Jugend überzeugen lassen. Lebenslang das falsche Waschmittel, und nun ein befreites Lächeln. Das ist Größe. Auch die wunderbaren Endfünfzigerinnen, die mit deutlich eigenen Zähnen lächeln und dennoch eine Prothese tragen. Hut ab. Ach, und die jungen Frauen. Die können einem einfach alles glaubhaft machen. Was mit beiden Händen in der Mähne beginnt, muß noch lange nicht »Shampoo« heißen. Diese Frauen zeigen ihr Glück! Ob über die richtigen Tampons, Schokolade oder ein neues Auto. Wie sauber sie alle sind, wie schlank, wie modern, wie sicher. Ach, könnte man doch einmal mit diesen Elfenwesen plaudern und sie fragen, ob sie gelegentlich Sodbrennen haben oder unter Fußpilz leiden. Und die Tiere! So ein Hündchen schleppt immer ein Putzmittel mit sich herum, andere, Katzen z. B., kosen überzeugend mit ihren Besitzerinnen, da sie mit dem rechten Zeug gefüttert werden. Man sieht, sie stehen kurz vor der Metamorphose zum Märchenprinzen. Noch dreimal füttern, dann klappt's.

Die lila Kuh weiß, was Kühen steht auf einer grünen Wiese, und Pferde wissen, was Pferden schmeckt, eine bestimmte Tabakmarke nämlich. Kluge Falter aber setzen sich nur auf schneeweiße Wäsche. Auch die Früchte des Feldes sind gut informiert. Geschlossen ziehen Erbsen und Maiskolben zur prächtigen Erfüllung einer Dose, und Pflanzen sprechen vom Glück, vorausgesetzt, sie erhalten ihr Becherchen Kraftcocktail, was Pflanzen halt so trinken.

Wie schön, daß auch Menschen, denen man vertraut, einem ihre guten Erfahrungen etwa mit Kaffee und Hustenbonbons überzeugend mitteilen. Man kennt sie doch, das ist dieser humane Oberarzt aus der Klinik im Wald und das der Bulle mit dem Herz am rechten Fleck. Auf die Geschmackspapillen dieser Zungen ist Verlaß. Und ist das nicht der lustige bayerische Engel, der die berühmte große Klappe hier soeben über einer Semmel mit dem obligaten braunen Polster schließt, das Fleisch verblüffend imitiert, also? Man erfährt auch endlich, wie sich diese glamouröse Schauspielerin einrichtet, jedenfalls was Vorhänge betrifft; und wenn man sich ebendiese Seife ins Gesicht massiert, winkt auch einem selbst die »Pfirsich- und Sahnehaut« jener süßen vierzehnjährigen Sängerin, die gar nicht fähig ist, einem etwas anderes als die reinste Wahrheit aufzutischen. Dafür kriegt man eben einen Blick.

Ergreifend sind auch die wundersamen Heilungen dank irgendwelcher Säfte, Pillen und dergleichen. Ich kann mich nicht sattsehen an den Lazarussen, die — nach einmaligem Einnehmen — ihrem Elend praktisch wie neu entwachsen. Sicher liegt es am eigenen schlechten Material, wenn man selbst, trotz aller Anstrengungen gleichzuziehen, immer noch in den Niederungen der grauesten Mittelmäßigkeit herumkraucht. Gottlob wird man täglich mehrmals im rechten Glauben bestärkt.

Ach, ist das eine Welt. Verkäufer sind immer nett und witzig. Köche verraten bereitwillig ihre Tricks, und ein fremder Mann schenkt einem Blumen. Danach, im Supermarkt, umschwebt von den freundlichen Phantomen, greift die Hand wie von selbst nach den richtigen Sachen. Man möchte wirklich nie aufwachen.

## Wo lassen Sie waschen?

Zwei Herren, die in einem Lokal an meinem Tisch saßen, gestandene Vierziger mit Boss-Anzügen und Gucci-Krawatten, besprachen Wäscheprobleme. Beide, so hörte ich, reisen jede Woche heim zu Mama (die eine in Bayerisch Gmain, die andere in Regensburg) und führen auf diesem Sohnestrip ein Beutelchen für Mutter mit: ihre schmutzigen Unterhosen, Oberhemden und Bettücher. Das klang alles so selbstverständlich, so einleuchtend, so, als sprächen sie von einem Schächtelchen Pralinen für die Gute. Das eigentliche Problem lag für die beiden Söhne woanders. Die eine alte Dame stärkte die Hemden, obgleich man sich das verbeten hatte, die andere äußerte Mißfallen an den überbrachten Boxershorts (Firlefanz!), unerhört!

Leo, der Kellner im »Vivace«, traut sich gar nicht heim ohne den erwarteten Wäscheobulus, sagt er. Das würde Mutter als Zeichen der Lieblosigkeit und des Nicht-mehr-gebraucht-Werdens werten, sagt er. Leo ist 35. »Kaum bin ich da, steht mein Lieblingsessen auf dem Tisch, und die Waschmaschine läuft«, so ist das.

Alles da, sozusagen – eine direkte Nabelschnur aus dreckigen Socken und selbstgemachten Bandnudeln verbindet diese Söhne noch heute mit ihren Müttern. Gute Arbeit. Da muß man sich als Frau nicht mehr wundern, warum manche Männer so verblüfft reagieren, wenn man sie im Haushalt einsetzen möchte, ganz gleich zu was. Das war nicht ausgemacht, das ist die Aufkündigung einer »stillen und heiligen Vereinbarung zwischen Frau und Mann«. *Sie* reinigt und nährt! An Mamas Rocksaum hat man ja schließlich gelernt, was Liebe ist, oder?

Ein Freund, ein Psychiater, der an jenem Abend mit am Tisch saß, lächelte wissend: »Mutter wäscht Unterwäsche und Bettbezüge«, sagte er, »also ist sie noch immer die stille Wärterin und Kontrolleurin der söhnlichen Sexualität«, meinte er.

Das gibt einem zu denken. Meine Freundin Ilona sagte vor ein paar Jahren scherzend zu mir, als ich sie nach dem Gedeihen ihrer Beziehung zu einem schwierigen Junggesellen befragte: »Wenn er zum erstenmal das Wäschebeutelchen mit zu dir bringt, weißt du, daß es ihm ernst ist.« Damals haben wir gelacht. Ich dachte irgendwie an den paarungswilligen Spinnenmann, der seiner Angebeteten ein paar zart umsponnene Leckereien mitbringt, um sie davon abzuhalten, ihn selbst zu verzehren.

Ein Cousin aus der DDR, der eine Weile bei mir hauste und dessen Frau noch nicht hatte nachkommen können, überreichte mir treuherzig nach der ersten Woche ein Bündelchen von Textilien. Ich verlor keineswegs die Contenance, sondern weihte ihn in die Riten der Waschmaschine ein, zeigte ihm das Bügeleisen, und als er verschreckt zurückwich, ging ich mit ihm zum Waschsalon um die Ecke. »Hier fünf Mark rein« etc. Ich glaube, ich hab' sein Bild vom goldenen Westen angeschlagen. Die Beziehung der Geschlechter ist hier verroht. Ich sah es ihm an.

Ich werde nie vergessen, welche Wut mich packte, als ein Mann, mit dem ich auf einer griechischen Insel übersommerte, selbstverständlich seine abgeworfenen T-Shirts zu den meinen gesellte. Dort gab es keinen Waschsalon, und er hatte mich schon öfter am Waschbecken mit Tuben-Rei hantieren sehen. Ich ließ seine Klamotten liegen, sie häuften sich. Er bemerkte es erst, als sein Koffer leer war. Beim Frühstück sagte er nebenbei und voller Freundlichkeit den Satz: »Ich hab' keine sauberen T-Shirts mehr.«

»Wo lassen Sie waschen?« sollte die erste Frage sein, die eine Frau einem Mann stellt, der in Betracht kommt. Und später, wenn er dann selbst wäscht, in unserer Waschmaschine, sollte man ihn unterstützen und in die Geheimnisse dieses hochkomplizierten Apparates einweihen. Ihm geduldig erklären, daß einzelne Socken für immer darin verschwinden und daß eine einzige rote Serviette eine ganze Unterwäschekollektion zu lachsrosa Reizwäsche macht.

# Zähne

Die Zahnärzte der 50er Jahre, unter deren Händen sich mein üppiges Trauma entwickelt hat, gaben sich keinesfalls solche Mühe wie die heutigen, was Kinderängste betrifft. Meine Mutter warf mich ab und überließ mich ohne Federlesens dem kurzatmigen, ungeduldigen alten Herrn, der mir mit seinem Bauch den Platz auf dem Sessel streitig machte. Seither ist mein Verhältnis zu dieser Berufssparte getrübt, und die Presse tut das ihrige, um den Rest von Zutrauen sowohl in handwerklicher als in pekuniärer Hinsicht zu untergraben. Man darf sagen, ich bin keineswegs allein mit meinem Unmut. Eine unübersehbare Gemeinde hat den Dämon Zahnarzt zum Erzfeind erklärt und weiß, daß schon seine Erwähnung Seufzer und Wimmern hervorruft und daß wir dennoch alle, hin und wieder, vorsprechen müssen, um ihm Opfer zu bringen. Ich brauche hier nicht ins Detail zu gehen, ich sage nur: der Geruch der Praxis, das Geräusch des Bohrers, das Aussehen der Rechnung, das Gefühl einer tauben Backe danach oder aber das Gefühl am Abend vorher, wenn man den Besuch beim Henker nicht mehr aufschieben kann, weil einen das Leben nicht mehr freut vor Schmerzen.

Ich habe in meinem Leben schon alle möglichen Weißkittel in meinen Mund gelassen und weiß heute noch nicht ganz genau, wie der Idealtyp aussehen sollte, sehr gut weiß ich hingegen, welche Arten mein Trauma womöglich noch gefördert haben. Lassen wir die Könnerschaft und die Fähigkeit zu geldlichem Aderlaß einmal beiseite, das stellt sich sowieso erst nach vollendeter Katastrophe wirklich heraus, gehen wir an die Betrachtung der Umgangsformen des Meisters mit dem zu einer Maus geschrumpften Patienten.

Am schlimmsten finde ich die Kassandras unter den Zahnklempnern, die einem ins aufgesperrte Maul lugen, sich eindüstern und flüstern: »Um Gotteswillen, also so was! Schaun Sie mal her, Fräulein Bauer.« Das nette Mädchen, das einem später den Kopf hält bei der Extraktion, ringt die Hände. Das Weltende bahnt sich an.

Unangenehm sind aber auch die forschen und immer fröhlichen Haurucktypen. »Alles raus« ist ein Satz, der ständig auf ihrer Zunge liegt und nur mit Anstrengung zurückgehalten wird. Sie lächeln, wenn sie von vereiterten Wurzeln berichten, von abnormen Zahnstellungen, die zum Ausfall führen, von Plomben, unter denen es fault. Sie haben meist rosige Gesichter und riechen nach Aramis.

Dann sind da die immer etwas abwesenden Sportstypen, stets wie fürs Tennis angezogen, die einem von Skiausflügen und Segelregatten vorplappern, während sie fühllos mit den Geräten hantieren: »Fräulein Meier, die Spritze bitte und das Kreislaufmittel — und rufen Sie meine Frau an, es wird später.« Man selbst, bleich, schwitzend und hinfällig, fragt sich, ob man das gesunde Lebensgefühl des Folterers nicht so verletzt, daß er einem gleich raten wird, besser auf Zähne zu verzichten und sich künstlich ernähren zu lassen.

Der Starzahnarzt mit zwei Behandlungszimmern und zwei Wartezimmern, in denen immer frische Blumen stehen und Musik gurgelt, tritt stets flankiert von Assistenten an einen heran und läßt einen lange, das Maul voll Wattetampons, im Stuhl sitzen, um die bis zur Unkenntlichkeit verdauten Altschlager aus seiner Musikanlage anzuhören — auch am Telefon übrigens, wenn man um Termine nachsucht. Er ist immer für die teuersten und schnellsten Lösungen. Sein Ton duldet keinen Widerspruch. Abends muß man ihn bei der Opernpremiere grüßen. Man darf sich glücklich preisen, wenn er den Gruß erwidert.

Gespräche mit Freunden über Zahnärzte finden nur im Akutfall statt. Manche verbitten sich das Thema ja rundheraus. Allerdings gibt es Leute, die von ihrem Zahnarzt schwärmen, als handle es sich um einen Guru, und die einen drängen, zu ihm zu gehen. Diese »Jünger« stellen sozusagen die Kehrseite der Medaille dar, am liebsten würden sie einem einen Finger in den Mund stecken, um die mindere Arbeit der sonstigen Scharlatane zu entlarven.

Der psychologisch versierte Zahnarztbesucher weiß solche Konvertiten einzuschätzen. Einmal hab' ich mich breitschlagen lassen, so einen »Wunderzahnarzt« zu besuchen. Er gehörte zur Gruppe der »Sanierer«, d. h. alles, was in meinem Kiefer steckte, bedurfte einer völligen Ganzüberholung. Er sprach von einem »neuen Menschen«, den er aus mir machen wolle, nicht mehr und nicht weniger.

Die Menschen aus der ehemaligen DDR, so lese ich, befinden sich zahnmäßig in einem desolaten Zustand und hoffen im Westen auf Heil. So besehen, haben wir immer im Paradies der Zahnärzte geweilt, ohne es zu wissen. Man sollte sich schämen.

## Graue Panther

Auch früher mußte man sich als Tochter um das Wohl der alten Eltern kümmern. Es ging meist um Schenkelhalsbrüche, Plätze in Pflegeheimen und Beistand in den Krisen einsamen Lebens. Heute hat sich ein neues Problemfeld eröffnet, und wir Söhne und Töchter haben alle Hände voll zu tun, um uns umzustellen. Es geht um Liebe. Und wer gerade eben die komplizierten Balzgeschichten seiner Kinder begriffen hat, sieht sich überraschend als Berater von senilen Leidenschaften neu gefordert. »Er möchte immer das Licht ausmachen!« sagt Louis' verwitwete Mutter entrüstet, sie spricht vom pensionierten Richter, den sie bei der Kur kennengelernt hat, beide Mitte 70. »Er möchte immer Tschaikowsky dabei hören, ist das normal?«

»Heiraten will er«, sagt Georgs Mutter und richtet die Spitzenkrause an ihrem Hals. Sie ist 68, und wir sitzen im Café. »Heiraten, das heißt, ich soll die Hausarbeit machen und ihn pflegen, wenn er krank wird — nein, hab ich da gesagt, nein. Ich habe meine Pension.« Wir stimmen ihr zu, was sonst. »Aber nach Thailand zusammen, das kann er haben, oder?« Auch hier stimmen wir zu. Sie hat schon dreimal erwähnt, daß er mit seinen 74 nicht mehr so gut in Schuß ist wie sie selbst. Wir, die Betroffenen, hatten auch den Plan, Georgs Mutter mit meinem Vater zu verkuppeln. Er ist ein großer Herumreiser und hoch gebildet, aber bei dem verabredeten Treffen kommt nichts heraus. Beide finden sich zu alt. Er ist 81, aber, wie gesagt, jogagestählt und voller Energie. »Was willst du denn eigentlich?« frage ich etwas entnervt, als ich ihn verhöre (leider habe ich immer den Ton wie mit einem Halbwüchsigen, das ist auch neu). »Eine Blonde«, sagt er schuldbewußt und dreht an seinem Hörgerät. »Komm mir nicht mehr mit Klagen über deine einsamen Abende«, sage ich streng. »Ob ich die Frau mal näher ansehe, die mir den Wein liefert?« sagt er versonnen. Einfacher war's noch, als ich ihm bloß Angoraunterwäsche kaufen mußte.

Wolfgang und seine Frau sind irritiert von Wolfgangs Mutter, 79. Sie packt beim Frühstück ihre erotischen Probleme aus, haarklein. »Er gibt mir Befehle«, sagt sie, »Anweisungen, versteht ihr, knapp und laut, soll ich mir das gefallen lassen?« Es ist ihnen peinlich. Wolfgangs Frau findet es sogar unappetitlich, den Sohn mit so was zu behelligen. Ich verstehe das, bei den Eltern ist man besonders empfindlich. Da hat man eine doppelte Moral. Man verkündet zwar lautstark, daß der Mensch bis ins hohe Alter ein erotisches Wesen bleibt, daß man dem zustimmt und es gutheißt. Schließlich haben wir alle Márquez' ›Liebe in den Zeiten der Cholera‹ gelesen. Die »neuen« Alten, so scheint es, sind da freier als wir. Man muß sich schämen als Sprößling, der sich für so aufgeschlossen hielt. Wir tun unser Bestes. Louis' Mutter hat jahrelang als Märtyrerin des Witwenstandes gelebt, und wir alle waren erleichtert, als sie anfing, von ihrem Kurschatten zu schwärmen — dem Richter, der das Licht immer ausmachen will. Seine Kinder sind keine Hilfe dabei. Völlig gegen die Beziehung. »Ich bin ein Revolutionär«, sagt er, also bitte. Wir alle besprechen am Abendessenstisch die schwierigen Beziehungskisten unserer Alten. Es geht nicht ohne Gelächter ab, schließlich haben diese Leute uns aufgezogen, mehr oder minder moralisch. Außerdem sind wir auch irgendwie erleichtert, daß nicht alles mit 60 zu Ende ist, wie man früher behauptet hat, jedenfalls von den Frauen. Leute wie Chaplin und diverse Ölscheichs haben ja schon bewiesen, daß es bei den Männern nicht so ist. Dennoch — als meine Großtante Lotte anruft und klagt, daß ihr Herbert Rheuma in der Hand habe und deshalb kein befriedigender Streichler sei, muß ich den Hörer zuhalten, weil ich lachen muß. Lachen ist, wie man ja weiß, immer auch ein Zeichen von betroffener Verlegenheit. Ganz klargekommen ist keiner von uns. Sie machen's einem auch nicht leicht, die Guten. Als Wolfgang seiner Mutter rät, die Befehle ihres Generals a. D. einfach von der komischen Seite zu nehmen, ruft sie: »Da, du nimmst mich nicht ernst – genau wie er. Soll das immer so weitergehen?« Das erinnert wiederum fatal an Gespräche mit liebeskranken Halbwüchsigen. Vielleicht sollte man die als Berater der Großeltern einsetzen.

»Geh doch ins Bett«, sagte mein Vater, wenn meine Mutter abends die Augen nicht mehr aufhalten konnte, aber nicht nur dann, auch wenn sie jammerte, kränkelte, streiten wollte. Eine gewisse Verachtung schwang in seiner Stimme. Für ihn war und ist das Bett einzig ein Ort, um zu schlafen oder anderes zu tun, das man landläufig mit dem Wort »Bett« in Verbindung bringt. Meine Mutter jedenfalls tat, wie ihr geheißen. Der Hohn in der Stimme ihres Herrn perlte an ihr ab.

Täusche ich mich, oder haben Frauen eine andere Beziehung zu ihrem Bett als Männer? Heutzutage erfreuen einen immer häufiger die schamlosen Geständnisse vieler Damen, die ihre Leidenschaft für die geliebte Lagerstatt enthüllen. Hella von Sinnen etwa beschreibt das Bett als ihren Lieblingsort, an dem zu weilen ihr als das wahre Paradies erscheint — selbstverständlich umgeben von Zeitungen, Videospielen und Pommes frites. »Was tun Sie, wenn Ihnen die Ideen ausgehen?« wurde neulich eine berühmte Drehbuchautorin gefragt. »Ich gehe ins Bett«, sagte sie und grinste. Wie angenehm ist es für mich alten Bettfan, solche Geständnisse zu vernehmen. Mein Bett ist mein Lieblingsmöbelstück, meine Heimat in den Stürmen des Daseinskampfs, meine Fluchtburg, mein Pegasus, mein Mutterschoß. Selbstverständlich erübrigt es sich, diesen friedvollen Hafen am Tage in eine geschlossene Form zu bringen, das widerspräche allen Bedürfnissen des Rasch-hineinschlüpfen-Könnens. Damit entfallen auch etwaige Zierüberwürfe, die nur störend wirken würden. Nein — ein Bett muß immer bereit sein, groß, breit, nicht zu weich, und muß viele Kissen bergen, Bezüge, die dem Auge wohltun und die Haut streicheln, und eine gutsortierte Landschaft von sinnlichen Angeboten, so gruppiert, daß sie mit dem ausgestreckten Arm zu erreichen sind. Recorder und

Cassetten, Bücherstöße, Schreibzeug, Schokolade, Telefon und einen schweigsamen Mitschläfer (bei mir ein schlaffer Plüschhund — Relikt meiner Kinder). Natürlich schätze ich auch mitunter lebendige Gäste in meinem Bett, aber davon soll hier nicht die Rede sein.

Und wer kennt sie nicht, diese stille Seligkeit, die einen überkommt, wenn einem an einem langen und anstrengenden Abend unter vielen Leuten mit einem Mal wie eine Vision das eigene Bett durch die Sinne schaukelt, wie ein gelobtes Land, in das man sich nach getaner Arbeit retten wird wie ein müder Pilger. Wer erinnert sich nicht an gewisse Morgenstunden (die Vögel sangen schon, als man nach Hause kroch), in denen einen die blaue Morgendämmerung des eigenen Schlafzimmers willkommen hieß und das eigene, frisch bezogene Lager einen empfing, mit offenen Armen sozusagen.

Liegend, angenehm umweht vom eigenen beruhigenden Nestgeruch, im Halbschlaf, kommen mir auch die besten Einfälle. Personen, die ich beschreiben möchte und die sich meinem Zugriff bis dahin entzogen haben, treten auf und zeigen sich mir. Erinnerungen, nach denen ich aufrecht umsonst gefischt habe, lassen sich mit einem Mal willig auf mir nieder wie Brieftauben. Der Konflikt, der mir unlösbar erschien und mich umgetrieben hat, erweist sich wundersamerweise als leicht lösbar. Ich springe neu gestärkt aus den Pfühlen, wie aus den Wassern des Jungbrunnens. So ist das.

Ich gerate ins Schwärmen! Nun entstamme ich einer Generation, die das Im-Bett-Liegen als den Anfang allen Lasters sah. (Auch meine Mutter frönte dieser Leidenschaft nur gelegentlich, und dann trotzig und von heimlichen Gewissensbissen gepeinigt.) Wie gesagt, habe ich auch noch keinen Mann gefunden (den klassischen Oblomow mal ausgespart), der ähnliche Bettgelüste zugegeben hätte. Immer deutlicher aber wird in meiner Umgebung das Bettgeflüster der Frauen. Die gestreßte Chefredakteurin des Frauenmagazins träumt von ihren Wochenenden, die sie ausschließlich im Bett verbringt. Die liebeskummerkranke Sprechstundenhilfe gesteht mir, daß sie einzig der Gedanke, aus der Praxis direkt ins eigene Bett überzuwechseln (»auf dem Heimweg kaufe ich mir ein paar feine Häppchen, die aufs Nachtkästchen passen«), aufrecht hält. »An einem sonnigen Tag, an dem alle ins Grüne drängen, ist es mir ein Genuß, im Bett zu liegen«, sagt die alte Bildhauerin, »das ist Revolution gegen den latenten Befehl ›hinaus in die Luft‹ und gleichzeitig ein Luxus, denn ich muß nicht im Bett liegen, sondern leiste es mir, wie ein verbotenes Laster.«

Manche Männer, denen man am Telefon sagt: »Warte, das Gespräch wird länger, ich trage dich eben mal ins Bett«, reagieren verblüfft oder angeregt. Dabei ist dort eben der beste Ort, um einen gemütlichen Plausch abzuhalten. Auch Geschäftsgespräche, die man unterbricht, um zu sagen: »Ich muß kurz aus dem Bett, um meinen Terminkalender zu holen«, nehmen danach erstaunliche Wendungen. Ob man krank sei? Ob man gestört habe? Nicht doch. Das Hirn arbeitet brillant, wenn der Kopf dabei auf einem Kissen liegt, und mit dem großen Zeh kann man dabei geübt den TV leiser stellen. Auch die Stimme klingt im Liegen melodischer. Probieren Sie's doch mal aus.

# Pillow Talk II

Männer und ihr Bett? Nur meine Betrachtungen zum Thema Zahnärzte haben soviel Protest hervorgerufen wie mein »Bettgeflüster« der Damen. Aber auch eine Fülle von Material prasselte auf mich nieder. Nachrichten von der männlichen Kissenfront.

Also gut. Das Verhältnis der Männer zu ihrem Bett hat Historie, ist womöglich (behaupten sie) noch tiefer und interessanter als das der Frauen, das ist sozusagen aktenkundig. Das wundert mich, so besehen, nicht, man muß bedenken, wie sehr sich Geschichte, Kunsthistorie und Öffentlichkeit stets mit dem Leben großer Männer befaßt haben. Frauen kamen zwar in diesen Biographien, Studien und Artikeln auch vor, auch im Bett, aber, weiß Gott, in anderen Zusammenhängen. Sollen wir Frauen jetzt um das »Bett« und seine Wohltaten rechten? Na, das haben wir längst nicht mehr nötig. Die Tatsache, daß Männer dem von uns geschätzten Laster frönen und gefrönt haben, nimmt uns eher für sie ein. Und was für Männer!

Winston Churchill z. B., wie ihn uns der Schriftsteller Evelyn Waugh präsentiert, pflegte militärische Befehle vom Bett aus zu geben: »... ein tiefes Bett in einem tiefen Bunker ...« G. K. Chesterton und John Milton (er schrieb das ›Verlorene Paradies‹) brachten ihr Werk zum großen Teil im Bett zu Papier. William Morris, der »Designer« unter den Präraffaeliten, lag mit einem kleinen Webstuhl in den Kissen. Von Rossini ist überliefert, daß er seine Opern hauptsächlich liegend komponierte. Einmal ließ er ein Duett, das er in der Nacht niedergeschrieben hatte, aus dem Bett fallen, da er sich zu faul und gemütlich fühlte, um aufzustehen, hatte dies aber dann am Morgen vergessen und komponierte es neu, ganz anders diesmal, so hören wir, und womöglich noch besser. Auch Sibelius übrigens legte sich hin, um seine innere Musik zu vernehmen.

Anthony Burgess, dem geistigen Vater von ›Clockwork Orange‹ und dem ›Fürst der Phantome‹, verdanken wir eine Szene, die sich jeden Morgen mit seinem Briefträger abspielte und ihn ärgerte. Jener tauchte um 11 Uhr morgens auf und war beleidigt, daß Burgess noch im Bett lümmelte und schrieb. »Tja, einige unter uns müssen eben arbeiten, was?« pflegte er zu sagen.

Der chronische Bettlieger, der Russe Oblomow aus Gontscharows Geschichte, ist uns allen ein Begriff; er jedoch steht eher als Beispiel der »Verweigerung« da, hingegen – und da sind sich alle Bettliebhaber und Betthistoriker einig – dem Bett im Positiven kommt im eigentlichen Sinne eine brutkastenartige Funktion zu, zumindest als Brutstätte der Künste.

Von Henri Matisse gibt es Fotos, wie er im Bett an kleinen Skulpturen arbeitet oder mit einem Pinsel malt, den er an einem langen Stab befestigt hat. Chagall aquarellierte und zeichnete umgeben von Kissen, Decken, Blumen und Katzen auf seinem Lager. Aber nicht nur die Künstlermuse küßt den in den Laken ausgestreckten Mann, auch Einstein wußte von den Segnungen der Horizontalen. Von ihm wird berichtet, er habe eines Tages, auf den Kissen ruhend, eine Vision gehabt. Die Formel $E = mc^2$ erschien in feurigen Lettern auf der Innenseite seiner Augenlider.

Ich möchte an dieser Stelle darauf hinweisen, was die Menschheit dem »Warmbeet« Bett alles verdankt. Genug davon. Wer jetzt noch von einem Laster reden will, das den Menschen auf den Strohsack bringen kann, ist nicht mehr glaubwürdig. Und ich, ich nehme meine Behauptung zurück, daß Frauen ein innigeres Verhältnis zu ihrem Lager haben als Männer. Eines nur scheint mir nach diesem Ausflug in die männliche Bettdomäne bemerkenswert. Wir Frauen scheinen zumindest ehrlicher zu sein. Kein Mann hat bei mir davon berichtet, wie gerne er selber sich ins Bett zurückzieht – man darf ja wohl annehmen, daß die Dunkelziffer auf dem Sektor beachtlich ist. Aber ein Mann liegt eben nicht zum Vergnügen oder aus

Schwäche und Faulheit im Bett, solche Unarten sind ihm fremd.

Meine Kritiker und Informanten vom anderen Lager haben es mir bewiesen: Wenn der Mann im Bett liegt, dann, um kreativ tätig zu sein. Im wörtlichen oder im abgewandelten Sinne. Das Bett als Ort der Zeugung, so oder so. Und da unterscheiden sich die Geschlechter. Passives Liegen kann für Männer Siechtum bedeuten und Verlust der Kontrolle. Frauen hingegen ist das Bett, so scheint mir, immer öfter ein Tor zu ihren Träumen, Phantasien und Energien.

Kofferelend

»Erste Ausspielung«, murmelt ein Herr neben mir. Wir sind ... ganz gleich wo, eben auf Reisen, und wir stehen, ein riesiger Haufen, schon lange andächtig vor dem Kofferlaufband, das sich soeben mit einem kleinen kreischenden Schauder in Bewegung gesetzt hat. Erstmal kommt lange nichts, dann ein Paket, dann wieder nichts, dann ein Koffer. Der Besitzer drängt triumphierend durch die Menge. Glückspilz! Immer häufiger sind die Andachten vor dem Altar des Koffertransporters von Unruhe gefärbt. Kommt er überhaupt? Und wenn ja, wie?

Diese Samsonite-Koffer sehen unverletzlich aus. Ich mag sie nicht, spätestens seit ich einen von ihnen wie eine tote Auster mit geöffnetem Rachen und nachschleppenden Textilien um die Kurve hoppeln sah. Außerdem sind sie alle so uniform, das kann böse Folgen haben.

Die Dame neben mir ringt die Hände, auf Kreta, um 22 Uhr. Sie hat den Koffer eines Herrn Powitzl (steht auf dem diskreten Anhängerchen). Herr Powitzl, längst mit ihrem Koffer über alle Berge, packt wohl gerade irgendwo verblüfft ihr Négligé aus.

Nun sieht man sich in den meisten Fällen in solchen Augenblicken von zwar freundlichen, jedoch sprachlich unerreichbaren Zöllnern und nicht zuständigen Hotelabholern umgeben. Die Meldestelle ist längst geschlossen. Vielleicht morgen? — Vielleicht!

Die zehn Tage auf Teneriffa, in der meine wohlgepackte Tasche mich nicht erreichte, verbrachte ich in langsam immer grauer werdenden Unterhosen am Strand (gottlob oben ohne). Meine Freundinnen in ihren grellbunten neuen Bikinis und Sarongs rückten von mir und meinem Hotelhandtuch ab.

Fürchterlich war auch das mit der Frau, die (war's in Montevideo?) einen Kosmetikkoffer vom Band heben wollte, der schon das Kreuz gebrochen hatte und nun seinerseits seinen Inhalt auf das dahingleitende Gummiband erbrach. Am Inhalt erkannte sie wohl, daß es, gottlob, nicht ihrer war, und ließ ihn weiterreisen, umgeben von seinen kollernden Flaschen und Cremetöpfen. Keiner wollte ihn haben. Noch als ich ging, kreiste er einsam und vorwurfsvoll weiter. Irgendwo in Timbuktu aber kann sich eine andere Frau nun nicht das Gesicht eincremen und heult.

Ach, und die aufgeschlitzten Seesäcke, die ihrer Hüllen beraubten Schlafsäcke mit klickerndem Reißverschluß, die fest geschlossenen Schalenkoffer, aus denen Flüssigkeit tropft, die durchnäßten, schlaffen Kleiderbeutel, die zerrissenen Plastikwürste, aus denen ein Schuh ragt wie aus dem Bauch eines erlegten Hais.

Am apokalyptischsten schien mir die Sache mit den fünf Vuitton-Koffern (verschiedene Größen), die der Spanier, der uns Reisende aus fünf altersschwachen Hotels in Barcelona einsammelte, um uns zu unseren Flügen nach Venezuela, Nicaragua und New York zu karren, versehentlich, und der fälschlichen Ansicht, sie gehörten zu einer dicken Schwarzen, die nach Panama reiste, in einer Hotelhalle einlud. In dem Hexenkessel, 6 Uhr morgens am Flugplatz, standen nun diese Koffer, ein verzweifelter Trupp, um den sich keiner scherte. Irgendwo in einer Hotelhalle schaute sich derweilen jemand um und sah nur noch Topfpalmen. Und seine Koffer? ... Vielleicht schon unterwegs zum Nordpol.

Der Herr, der in Caracas schwitzend den Bus anhielt und behauptete, sein blauer Tuchkoffer mit schwarzen Ecken sei an Bord, erntete nur das müde Lächeln des Fahrers. Im Gepäckabteil am Bauch des Busses steckten etwa sieben solche Koffer. Alle prüfen? Nein, wir ließen den verzweifelt gestikulierenden Mann im Sonnenschein vor der Ankunftshalle zurück.

In Bangkok, zwischen den Scheichen und Japanern mit ganzen Karren voller Bündel und Taschen mit Seide und frischgefertigten Klamotten, fühlt man sich als Charterreisender wie ein Tier. Nirgends steht, wo der eigene, beschämend billige Flug abgeht, die wieseligen Träger laden einem den eigenen Rucksack, ehe man sich's versieht, oben auf irgendeinen Karren, und da zieht er fort, in Gesellschaft exotischer Taschen, nach Tokio oder Amman, was weiß ich.

Jedesmal, wenn ich meine Sachen packe, verabschiede ich mich von ihnen. Ich nehme auch nie mehr was mit, woran mein Herz hängt. In Athen fehlten aus meinem Köfferchen (es verbrachte drei Tage unauffindbar in den Gedärmen des Flughafens) der neue schwarze Strapsgürtel samt hauchdünnen Strümpfen und dem Parfüm »Obsession«. Ich hatte das alles sehr strategisch zurechtgelegt.

In Kairo sah ich zum erstenmal von nahem, wie ein Nervenzusammenbruch vonstatten geht. Ein dunkelhäutiger Herr stand ohne sein Mäppchen da, in dem, wie ich seinen in allen Sprachen hervorgestoßenen Beschwörungen entnahm, die Manuskripte für fünfzehn Vorlesungen einer professoralen Lesetour ruhten. Das war leichtsinnig von ihm. Nicht wahr? Solche Dinge sollte man sich mit Riemen um den Körper schnallen.

Merke! Sei immer bereit, alles, was im Koffer durch die Lüfte reist, klaglos abzuwerfen wie lästigen Ballast. Wenn's dann doch ankommt, nun, dann hast du eben im Lotto gewonnen. Vielleicht erst bei der zweiten Ausspielung.

## Geliebte

Ich weiß nicht, wie viele Jahre uns die Gazetten mit dem leidvollen Dasein der »Geliebten« gequält haben. Da gab es berühmte Frauen, die sich unter Pseudonym äußerten, pfiffige Journalistinnen, die Karrierefrauen Bekenntnisse entwanden, Lippenbekenntnisse mit Hörigkeitsdetails. Die Psychologen beugten sich über den schmerzvoll hingestreckten Leib der »Nur-an-Wochentagen-Frau«. Schlagwörter wie »Weihnachten immer allein«, »nie gemeinsamer Urlaub« und »am Ende weggeworfen wie ein getragenes Kleidungsstück« schwirren einem heute noch durch den Kopf. Eines ist uns allen eindrücklichst geblieben: »Mädel, mach das bloß nicht, scheiden lassen sich diese Hunde nie«. Dazu das Bild einer sehnsuchtsvollen Frau, die durch eine Gardine nach dem Kinderwagenglück der Nachbarinnen schielt. Nun mag den Herren der Schöpfung dieses Wesen, welches so zur Hingabe tendiert, daß es auf alles andere verzichtet (und so sollten Frauen lieben!), ja gut und teuer gewesen sein. Zeigte sich doch das, was »Mann« immer schon im geheimen gewußt hat: lieber einen halben Mann als gar keinen. — »Wenn er nur manchmal zu mir kommt.« Man las also als Mann gerne über dererlei, schon um sich selbst das Kreuz zu stärken. So sind Frauen eben, so wollen sie's. Auch Frauen vertiefen sich mit Hingabe in die Schicksale jener Schattenschwester, denn einerseits kann man sich glücklich schätzen, nicht dazuzugehören, andererseits hat die Sache einen romantischen Nährwert.

Die, die wirklich hinter der Gardine stehen, denken sich ihren Teil, und es liegt mir fern, auf ihnen herumzutrampeln. Ich möchte lediglich vermelden, daß ich diese Spezies für sehr gefährdet halte und für schier vom Aussterben bedroht. Da hat sich doch einiges geändert. Und wenn ich heute um mich blicke, sehe ich weit und breit keine leidenden Geliebten mehr. Geliebte ja, aber eben welche, die mit

Lust bei der Sache sind, und das interessiert natürlich nun die Gegenseite: die verheiratete Frau mit dem Geliebten fürs Romantische. Ich möchte sagen, da tut sich einiges.

Meine Freundin Hilla zum Beispiel, die mit ihrem Politiker-Mann eine geradezu sportliche Riege bildet (seine Karriere wird von ihr in einer Weise bereitet, gefördert und ausstaffiert, als wäre sie sein PR-Manager). Der Mann hat allerhand um die Ohren und muß wie ein Radrennfahrer trainiert werden. Das alles tut Hilla mit Hingabe und gerne. Sie liebt ihn, und wenn er mal da ist, hat sie keine Zeit für Ugo. Ugo ist das, was Amerikaner ihren »side-kick« nennen würden. Ugo hält Hilla und ihren Sprinter in Balance. Ugo trocknet Tränen und schickt Blumen. Ugo ist entzückend, aber ihn zu heiraten (was er will)? Da lächelt Hilla: »Ich hab's ihm von Anfang an gesagt.« Tja, der Satz kommt uns bekannt vor.

Gerlinde, die Videomacherin, hat Heinz erwählt, Heinz, den Versicherungsangestellten mit Frau und drei Kindern. Er kriecht in ihr schlampiges Bett und genießt es, Moët & Chandon aus Senfgläsern zu trinken. Er ist 53 und sehnt sich nach dem Sinn des Lebens, einem anderen Sinn als den in seinem Einfamilienhaus. Er glaubt, Gerlinde und ihre chaotischen Freunde wären die Antwort auf sein Sehnen. Er lechzt nach »Freiheit«, wie er es nennt. Gerlinde hält ihn mit sanfter Gewalt bei der Stange, d. h. in seinem Einfamilienhäuschen und neben seiner Frau. »Ich bin ja so froh, daß die ihm die Knöpfe annäht und ihm Wickel macht, wenn er Bronchitis hat«, sagt sie. Klingt das gemein? Ja, vielleicht ist es gemein. Wer will sich zum Richter aufschwingen.

Karla hat schon einiges eingesteckt von ihrem »Alten«. Er hat uns jahrelang in Trab gehalten mit seinen Liebesabenteuern, die Karla zur Verzweiflung trieben. Nunmehr sind wir dankbar für Max. Max ist noch recht jung, dafür kocht er hervorragend, und im Bett muß er eine Wucht sein. Karla geht mit ihrem »Alten«, einem Kunsthistoriker, ins Museum und mit Max in die Kneipe und dann in die Falle.

Sie ist sehr verliebt in ihn, aber daß er jetzt noch ein Kind will (sie hat schon zwei, die halbwegs aus dem Gröbsten heraus sind)! Max will ein Kind, Karlas Kind. Er schaut in die Kinderwagen. Dabei steht er nicht hinter den Gardinen.

Wann also können wir mit Artikeln zu diesem Thema rechnen? Das Jahr des Mondes hat begonnen.

# Musik in der Werbung

Neulich habe ich über Toni gelacht, der sich fürchterlich darüber erregte, daß sein Freund eine Kollektion mit T-Shirts herauszubringen gedachte, auf denen klassische Meister verarbeitet werden sollten; »geschändet«, wie Toni sagte. Ich nannte ihn einen Kunstfrömmler und ließ ihn wissen, die Kunst hielte so was aus. Nein, er ertrüge es nicht, sagte er, die Botticelli-Flora auf irgendeiner Schuhverkäufersbrust — nein. Da warf ich ihm auch noch Snobismus vor.

Nun ist es aber so gekommen, daß ich dem Guten im Geiste Abbitte tun muß. Schuld daran ist die Musik, die klassische Musik in der Werbung. Sie wissen, von was ich rede. Keinem kann das entgangen sein. Die popeligsten und peinlichsten Produkte unserer Vermarktungsgesellschaft werden uns in einer klassischen Sauce kredenzt — ins Ohr gedrückt. Es würgt einen fürchterlich, wenn man noch Ohren hat zu hören. Also, daß der ›Walkürenritt‹ von Wagner einen »Opel Vectra« umbraust, mag ja noch hingehen. Ich bin kein solcher Wagnerfan, und außerdem, wer ›Apocalypse Now‹ gesehen und gehört hat, ist schon etwas abgehärtet. Aber dann Prokofjews ›Romeo und Julia‹ zu »Egoïste«! Dabei finde ich diesen Spot schön gemacht und bin noch relativ nachsichtig, aber nun: Verdis ›Rigoletto‹ zu diesen beschissenen Schoko-Crossies — das geht mir zu weit, und dann, ich bitte Sie, ›Carmina Burana‹ zur Nestlé-Schokolade!

Nun hat jeder, der diese Weisen schon einmal gehört und genossen hat, eine sehr eigene Verbindung zu ihnen. Das heißt, er hat sie gehört, geträumt, Bilder gesehen, Bilder, die jedenfalls bei mir heftig von dem Gezeigten divergieren. Das ist Brainwashing! Wer mich dazu bringt, bei Händels ›Feuerwerksmusik‹ an Langnese-Eis zu denken, ist ein Verbrecher. Man ist ja ganz wehrlos, ehe man sich's versieht, ist es einem schon übergestülpt. Händel im Ohr und Eisgeschmack im Mund. Pfui Teufel. Nun werden Sie vielleicht rufen: »Schau keine Werbung an«. Ja, ich schau sie nicht extra an, aber mittlerweile kann man ihr gar nicht mehr aus, sonst verpaßt man den Anfang von ›Fahnder, Teil II‹, soll ich etwa mit Ohropax arbeiten?

Vivaldi muß ja schon in jeder besseren Sauna herhalten, aber zu Gouda-Käse — und wohlgemerkt, all diese wundersamen Melodien werden schier ausschließlich als verkochter Musikbrei angeboten. Manche allerdings nicht. Ich lese, daß man bei Nestlé Auskunft erhält, ›O Fortuna‹ von Orff könne man auf »Sony« kaufen (natürlich mit dem ganzen anderen Schmonzes noch dazu, mal sehen, wer das alles hören möchte). Wahrscheinlich sollte man eine Platte rausbringen »Musik in der Werbung«, 15 kurze Höhepunkte aus 15 Meisterwerken für den eiligen Hörer. (Wie ich inzwischen feststellen mußte, gibt's die jetzt tatsächlich.)

Mit Beethoven wird uns der unsägliche Teekannenbeutel in die Tasse gespielt, mit Haydns Symphonie 101 fährt uns ein »Mercedes Benz« in Hörgang und Auge, und »Livio Öl« fließt blubbernd zu Rossinis ›Diebischer Elster‹ auf die grünen Blätter. Der Magen dreht sich einem um.

Nun bin ich die letzte, die das Getue mit der hehren Kunst propagiert, und die alten Meister würden sicher lachen, wenn sie davon hörten — nein, es geht mir nicht um den Schutz heiliger Werte, sondern um mich. Ich will, verdammt noch mal, wenn ich Grieg höre, nicht an Haarshampoo denken, und wenn ich mich genüßlich auf ›La Traviata‹ einlasse, kommt mir plötzlich ein Kerl in die Quere, der in ein Schmelzkäsebrot beißt. Das ist doch widerlich, das stört meine Rezeption, meine Hingerissenheit, meinen eigenen, wunderschönen Innenfilm. Denn ich sehe die herrlichsten Sachen, wenn ich Musik höre. Ich will Sie jetzt nicht damit langweilen. Bei Mozart habe ich noch nie an »Pampers-Windeln« gedacht, sondern an Schäferinnen, Voralpenlandschaft mit Baumgruppen und Wolken, Postkutschen, Springbrunnen, Osterglocken, Männerhände, Fasane, Barockengel, was weiß ich. In Cafés, in denen verquirlter

Tschaikowsky oder Brahms angeboten wird zum Sauerbraten, in die gehe ich nicht mehr. Nun hat mich aber der gräßliche Zauber bis auf mein Sofa zu Hause verfolgt, ich fühle mich machtlos.

Was sagen Sie? Sie lachen? Das ist meine Strafe. Neulich begegnete mir ein Herr mit Vincent unter dem Jackett, ich habe schnell weggesehen. Darf ich Gottfried Benn zitieren? Nur dieses eine Mal? »Spritzt nicht das Blut von Chopin durch den Saal, damit das Pack drauf rumlatscht.« Schluß!

# Neues für den Haushalt

Männer können nunmehr aufatmen. Sie, die unter den leidigen Putztagen in den eigenen vier Wänden so zu leiden hatten, werden diese bald herbeisehnen. In Amerika gibt es seit neuestem eine Agentur, die Reinemachefrauen vermittelt, und diese Damen kommen in Reizwäsche zur Arbeit (da wir ja doch immer wieder einmal etwas von den Staaten übernehmen, wird sicher bald eine Niederlassung von »Clean and Lacy« auch in Ihrem Viertel eröffnet, lieber Leser). Auch hohe Schuhe sind zugesagt, man weiß doch, was einem Putzzuschauer gefällt, und selbstverständlich keine Strumpfhosen, sondern Strapse und Strumpfbänder. Wurde ja auch Zeit. Wie oft habe ich von völlig verzweifelten Männern hören müssen, was ihre Frau beim Saubermachen trägt, da kann einem wirklich alles vergehen, von den womöglich ältlichen gemieteten Hausgeistern ganz zu schweigen. Sind Sie schon mal auf Kittelschürze und Stützstrümpfe abgefahren? Keine Sorge, von diesen Damen heißt es, sie seien jung und appetitlich und dazu überaus geschickt auf hohen Leitergipfeln oder auch im tiefen Parkettal. Was sie kosten, stand nicht dabei, wohl aber, daß es sich keineswegs um Prostituierte handelt. Also nur zum Anschauen, Hände weg.

Es wird sich dennoch alles ändern: Männer, so lese ich, die immer fluchtartig das Haus verließen, wenn sie den hohlen Ton des Schrubbers, der gegen den Eimer polterte, vernahmen oder das widerwärtige Aufheulen des Staubsaugers, solche Ästheten und sensiblen Geister können nun den Putztag zu einem Festtag gestalten. Auf dem Sofa (gut plazieren!) liegend, mit einer Piña Colada in der Hand – »Machen Sie mal die Bodenleiste hier direkt vor mir ganz gründlich sauber, Fräulein Mia.« Vielleicht Musik dazu? Ravel könnte den Hausherrn zu hitzig machen und womöglich den dienstbaren Geist zu flüchtigem Arbeiten verleiten. Tschaikowsky schon eher, das Drama des Mannes, der Dreck macht und ihn dann entfernen lassen muß, braucht etwas Untermalung. Und das Zimmer gut geheizt, meine Herren, obwohl: Gut angewiesen wird sie schon ins Schwitzen kommen, die leichtgeschürzte Frau. Und mal ehrlich, gibt es eine erotisierendere Vorstellung als eine schöne Frau, transpirierend vor dem Gebieter auf allen vieren, wie sie den Boden schrubbt?

Das kennen wir nicht nur von Fellini und Saura, von Bergman und Coppola, das haben wir auch in der Literatur von Calvino bis Márquez. So weit, so gut.

Liebe selbstputzende Frau, verzagen Sie nicht, es gibt Mittel und Wege, bis zum Eintreffen der Spitzenkorsettbrigade auch selbst das Ruder in die Hand zu nehmen und den Herrn Ihres Herzens im Haus zu halten, wenn die Fenster wieder einmal trübe sind wie Plastikfolien. Entweder Sie richten ihm ein gemütliches Eckchen neben der Hausbar her und kaufen sich die nötigen Accessoires zum eigenen Putzhappening, oder Sie greifen mal in die Tasche und werben eine nette Studentin oder dergleichen für ihn an (wählen Sie fülligere Modelle, die frieren nicht so leicht). Wer seinen Schatz wirklich liebt, erfragt vorher diskret, welche Farb- und Schnürrichtung er bei der Tracht bevorzugt.

Sie meinen, das sei zu gefährlich? Ich bitte Sie! Sie meinen, er solle selber putzen? Na, wir wollen doch die Kirche im Dorf lassen! Sie meinen, er solle mithelfen? Gute Frau, wer ist denn nun für den Dreck verantwortlich in einer ausgewogenen Partnerschaft? Fragen Sie mal nach bei Ihren Freunden. Sie finden, es wäre ihnen lieber, einen Putzmann in Tigerhöschen und mit Lederarmbändern für sich *selbst* zu mieten? Na schön, warum nicht, wenn Sie einen solchen finden. Davon habe ich allerdings kein Wort gelesen drüben in den USA.

## Familienfest

»Basta ... ich kann nicht mehr, Weihnachten macht alle Leute so gräßlich«, sagte Emilio, der ansonsten höflichste und geduldigste aller Kellner, und stellte einen Teller Gnocchi mit so kühnem Schwung vor mir ab, daß ich zusammenfuhr. Wir schrieben den 21. Dezember, und fürwahr, um mich herum im Lokal saßen lauter grämliche, nervöse Leute und starrten aggressiv auf ihre Teller. »Du fährst doch sicher heim«, fragte ich, ängstlich bemüht, Emilios Laune zu heben. Ich hatte Erfolg, seine verkniffene Miene erhellte sich, und er rief: »Natürlich – am 23. fahr' ich los und brettere durch bis Sizilien – ich habe heute in Milazzo angerufen ...« Er blickte um sich und flüsterte: »Mama hat schon angefangen zu kochen!« Damit eilte er weiter und ließ mich etwas betäubt vor meinem Teller sitzen. Jawohl, ich fühlte Neid – an den Tisch in Milazzo hätte ich mich gerne auch gesetzt.

Wie kommt es nur, daß ich mir ein Weihnachten bei einer fremden italienischen Familie so weitaus genüßlicher vorstelle als das Fest im Kreise meiner Lieben?

Ich kenne in Deutschland nur wenige Leute, die so gerne nach Hause »brettern« zu Weihnachten wie Emilio. Ich weiß nicht genau, woran das liegt, vielleicht am psychologischen Druck, mit dem das Fest einhergeht. Zu Weihnachten muß man nach Hause! Harmonie, Geselligkeit, Dankbarkeit, Kinderseligkeit und Mutterliebe, alles soll an diesem Abend hergestellt werden – und dann die weihnachtlichen Festessen, ohne die es einfach nicht geht. Alle glücklich zusammen unterm Lichterbaum! Guter Gott, da führt kein Weg vorbei.

Natürlich fällt einem dabei sofort die fatale Weihnachtshysterie ein, die Bölls Bürgersfamilie in der Geschichte ›Nicht nur zur Weihnachtszeit‹ befällt, in der die von einem Bombenangriff aus dem Konzept gebrachte Mutter nur mit einem allabendlichen Weihnachtsfamilienfest beruhigt werden kann – und das jahrelang.

Bei uns zu Hause warf das Fest in meiner Kindheit schon wochenlang seine Schatten voraus, nicht nur die lästige Schenkerei, die Frage, wer kommt, wer nicht, die Frage, Krippe ja oder nein (eine Krippe, die das halbe Zimmer einnahm). Der kitzligste Punkt war der stille Kampf der Veranstalter um das Liebesmahl. Drei klassische Vorstellungen prallten aufeinander. Großmutter: Karpfen, Mutter: Gans, Vater: Truthahn. Jeder hatte seine Strategie im Durchsetzen seines bevorzugten Gerichts. Mein Vater schwärmte von seiner Kindheit, mit umflortem Blick und, wenn nötig, mit bebender Stimme. Oma: »Karpfen bis die Zähne schnarpfen« war ihr Kampfruf, führte ihre empfindliche Pankreas ins Feld. Meine Mutter kämpfte verbissen mit der Verschleppungsmethode. »Bitte jetzt nicht«, sagte sie am Familientisch, wenn das Thema Weihnachtsessen angeschnitten wurde. »Ich kann mich jetzt nicht verrückt machen lassen mit einer Streiterei, morgen vielleicht«, und sie legte die Hand über die Augen.

Uns Kindern war es ziemlich egal, was es geben sollte, und bis heute ist mir schleierhaft, wieso es ausgerechnet an diesem Abend jedem so wichtig zu sein schien, seine Vorstellung vom Weihnachtsessen zu verwirklichen.

Leimers allerdings von nebenan, bei denen es immer heiße Würstchen und Kartoffelsalat gab, verachteten wir insgeheim, und auch die neureiche Familie Posch, die im Kerzenschein immer Fleischfondue aß, schien uns unwürdig und nicht traditionsbewußt. Selbstverständlich rief Tante Berta an und plädierte für Sauerbraten. Sie wurde abgeschmettert. Meist setzte sich Omas Karpfen durch, denn sie, als lachende Dritte, bot die Alibilösung im verhärteten ehelichen Machtkampf.

Nun war es aber so: Im Vorfeld des Geschehens wurden bereits solche Massen an Energie verpulvert, daß die Hausgemeinde am Heiligen Abend flach atmend in den Seilen hing. Nur die zugereisten Verwandten hatten noch die

Kraft, eine festliche Konversation aufrechtzuerhalten und bei auftretenden Stromschnellen im Ablauf des Abends Erste Hilfe zu leisten, zum Beispiel, als der Herd ausfiel (die Gans halb gar im Rohr und keine Sicherung zu finden) oder als der Karpfen zu Brei zerfallen war, weil ... (es konnte nie geklärt werden, wen die Schuld traf), oder als Tante Cleo nach dem ersten Mund voll Preiselbeersauce diese fürchterliche Allergie bekam und ihre Augen zuschwollen wie Schlitze in einer Spardose.

Irgendwie mit übermenschlicher Anstrengung und nicht ganz ohne Opfer gelang es aber doch stets, den Abend in die für ihn vorgesehene goldene Form zu pressen, und nach dem letzten Schnaps, bei niedergebrannten Kerzen (Oma saß neben einem Eimer mit Sand), versicherte man sich mit Rührung in der Stimme, daß noch nie, noch nie ein Weihnachtsfest so schön gewesen sei. So ist das eben.

Oma weinte dann und sagte — und wir Kinder warteten schon darauf —, das sei nun gewiß ihr letztes Weihnachten. Meine Mutter stellte wie immer fest, daß die Geschenke meines Vaters ihr nicht wirklich paßten oder gefielen, und mein Vater schaute auf die Uhr und drängte zur Christmette (das einzige Mal im Jahr, daß er in die Kirche kam).

Damals, so scheint es mir heute, lag immer Schnee, und wenn man hinaustrat in die kalte klare Luft, den neuen Schal um den Hals gewickelt, atmete man auf, wie nach einer gewonnenen Schlacht.

Heutzutage sind die Dezember oft sonnig und lau. Man selbst ist mit einem Hausstand behaftet und hat sich vorgenommen, die Sache ganz locker anzugehen. Man hat Weihnachtsmenus in etlichen Gazetten studiert, die Schenkerei, schon vorher, durch einen Rundruf auf ein Minimum beschränkt, den Champagner bestellt und glaubt nun, diesmal ohne Streß durch den 24. zu kommen. Weit gefehlt!

Der alte Weihnachtsdruck holt einen ein, und ich gebe Emilio recht, dieses Fest bringt nicht gerade das Beste im Menschen hervor. Das Fest der Liebe eben. Einsame Freunde fordern plötzlich gebieterisch, eingeladen zu werden, aber davon will der inzwischen verwitwete alte Vater nichts hören, er trägt schon schwer genug daran, daß es keinen Baum mehr geben soll. Leute rufen einen an und fragen, was sie dem oder jenem schenken sollen, andere zetern über den Aufwand, den die Stadt mit ihren Lichtergirlanden treibt, schicken einem Pamphlete mit hungernden Kindern, drängen einen, das Fest zu boykottieren. Redakteure und Ladeninhaber, Kollegen und Familienmütter taumeln auf den endgültigen Kollaps zu und lassen einen dies deutlich fühlen. Jugendliche geben kurz vor dem Fest bekannt, sie kämen diesmal nicht, diese Feierei hinge ihnen zum Halse raus (ist das zu glauben?), Tante Cleo ißt nur noch vegetarisch, aber wo soll sie hin, die Gute? Seit Jahrzehnten ist sie es gewohnt, zu Weihnachten ihre Kräutersäcke hier bei ihren Lieben abzustellen.

Gelegentlich denke ich mit nebulösem Mitgefühl an meine Mutter, seltsamerweise bleibt der Weihnachtsaufwand, auf den alle bestehen, dies aber nicht zugeben, doch immer an den Frauen hängen. Aber weiß Gott, ich habe noch Glück. Meine Freundin Gesine muß jedes Julfest ihre zänkische Mutter, ihren depressiven geschiedenen Ehemann (Vater ihres Sohnes) und den jeweiligen Freund unter einen Baum kriegen. Der Lover, je nachdem, wie vertraut er schon mit familiären Weihnachtskrisen ist, verschwindet womöglich auf Nimmerwiedersehen, noch ehe der Baum entzündet wird. Das ist schon vorgekommen — jawohl, er wollte Zigaretten holen — lachen Sie bitte nicht —, und das zu Heiligabend.

Seit mein Freund Klaus die Frau mit dem Adelstick geheiratet hat, sitzen ganze Heerscharen verarmter Nobelleute um seinen Festtisch. Sie bestehen auf Stil und guter Garderobe und sind trinkfester als das Gastgeberpaar.

Adelheid, die Gute, lud zum Heiligabend zwei entlassene Strafgefangene zu sich, die wohnen jetzt bei ihr in der kleinen Wohnung. Die Katze mußte sie aufgeben.

Holger feiert diesmal nur mit seiner Frau, seit dem letzten Fest sprechen die beiden Familien nicht mehr miteinander, dafür rufen sie alle oft bei Holger an, meist gerade, wenn das erste Lied gesungen wird — zweistimmig diesmal.

Aus der Statistik weiß man, daß zu Weihnachten die Rate der abhanden gekommenen Männer steigt, mittlerweile auch die der Frauen, das wundert mich nicht. Außerdem, so liest man mit flauem Gefühl im Magen, steigen die Polizeieinsätze in bürgerlichen Haushalten, nein, nicht um brennende Bäume zu löschen, sondern weil Mama mit dem Tranchierbesteck auf Papa losgegangen ist, weil Papa dem Verlobten seiner Tochter eine Sektflasche über den Kopf gehauen hat und weil Oma vom Enkel an den Rollstuhl gefesselt wurde, weil sie ihn daran hindern wollte, alle Heidesandplätzchen auf einmal aufzuessen. Schon wahr, das hat's früher alles auch gegeben, nur damals trachtete man danach, es nicht an die Öffentlichkeit dringen zu lassen. Meine Mutter hätte auch nie vor Außenstehenden zugegeben, daß der Gänsebraten zäh war wie Leder und daß Onkel Bertold nach zuviel Weihnachtswhisky mit einer Lebkuchendose auf seine Kusine zielte, damit Vetter Egon traf und ein blaues Auge von ihm verpaßt kriegte.

Zurück zum modernen Christfest unserer Tage, dem Fest der Fressereien. Nicht alle Leute kochen noch so wie Emilios Mutter und meine gute Mama seinerzeit. Wer am Weihnachtstag entsetzlicherweise einkaufen gehen muß, Lachs, Kaviar, Gänseleberpastete und so, Sie verstehen?, findet sich in der Gesellschaft von wild vor den Glastheken wuchernden, gehetzten Menschen am Rande des Nervenzusammenbruchs. Es überkommt einen ein seltsames Gefühl von Weltuntergang. Diese Leute kaufen so verzweifelt ein, als wäre schon morgen eine Hungersnot zu erwarten, die Sintflut — was weiß ich. Das sind die, die nicht kochen, sondern es »kalt und fein« wollen unter den Tannenzweigen. Man stelle sich vor, es wäre plötzlich keine geräucherte Gänsebrust mehr zu kriegen oder die französischen Käse wären schon alle. Das würde die Sternenstimmung am Gabentisch empfindlich stören.

Beim Friseur letztes Jahr am 23.12. hockten lauter Damen, die sich gegenseitig erzählten, was sie noch kaufen müßten, was sie schon gekauft hätten und wo, es ging immer nur ums Essen. Die Hand meiner Friseurin zitterte beim Schneiden meines Ponys. »Die ganze Familie von meinem Kuno kommt«, sagte sie, »und letztes Jahr hab' ich doch das Kalbsgulasch versalzen, jetzt gibt's griechisch — kalt ... aber mir selber schmeckt das gar nicht, ich mach's nur wegen ihm.« Es hätte nicht viel gefehlt, und sie hätte die Hände gerungen.

Harmonie, die sich unter Druck entfalten soll, ist flüchtig. Der despotische Wunsch nach Frieden, am Fest des Friedens, erweist sich als Sprengsatz.

Also gut, Weihnachten ist eine emotionelle und kulinarische Hürde, die sozusagen als dickes Ende dem vergangenen Jahr folgt. Seltsam. Noch nie habe ich so viel Aufhebens um Silvester erlebt.

Es ist wahr, daß ich, so wie der eine Sohn in Bölls Geschichte, jahrelang in ein tropisches Land entwichen bin, das sich dadurch auszeichnete, daß es dort keine Tannenbäume gab.

Wer nun glaubt, ich wäre am Heiligabend mit einem Cuba libre am Strand gelegen, täuscht sich. Die alten Muster sitzen teuflisch fest. Was tat ich? Ich stand kopf, um einen geeigneten Baum aufzutreiben, ich riß mir ein Bein aus, um Kerzen beizubringen, Schmuck und Plätzchen. Ich fuhr tagelang über Land, um einer Gans habhaft zu werden, und wenn's mir irgendwie möglich gewesen wäre, hätte ich falschen Schnee gekauft, für die Fensterbretter.

Mit meinem frischgebackenen mexikanischen Ehemann hatte ich am Heiligen Abend den ersten handfesten Krach. Ich warf den selbstgebackenen Stollen nach ihm, und der, weil er hart wie Beton war und schwer wie Blei, gab ein verletzendes Wurfgeschoß ab — über die Folgen will ich hier nicht weiter sprechen. Fest steht, die goldene deutsche Weihnacht im Familienkreis verfolgt einen Menschen bis ans Ende der Welt.

## Augenzwinkern

Was ist aus dem charmanten Geplänkel geworden? Ich meine nicht den Flirt, ich meine sozusagen die Vorstufe zu diesem, ich meine diesen neckenden, augenzwinkernden Austausch eines winzigen Einverständnisses, der nicht unbedingt Erotik transportiert, sondern auch zwischen Gleichgeschlechtlichen stattfinden kann. Natürlich kann sich daraus ein Wort- oder Blickgerangel anbandlerischer Art entwickeln, darauf zielt die Sache aber im Anfangsstadium keineswegs ab und kann also auch um ihrer selbst willen gespielt werden. Warum? Das macht Spaß, und es ist für mich so etwas wie das Lausen in Affenherden, nämlich ein unverfängliches Zugeständnis an eine gewisse und lockere Rudelzusammengehörigkeit. Etwa auf einem Fest. Ich sehe schon, ich muß jetzt konkret werden: Bilde ich es mir nur ein, oder gehen die Leute heute mit einer gewissen Verbissenheit an die Nahrungsaufnahme, eben ohne Platz für Plänkeleien? Einer Frau neben mir fällt ein gefülltes Ei in die Blumendekoration, sie lacht und sagt zu einem Herrn, der neben ihr gerade noch beiseite springen konnte, ehe ihn das Ei traf: »Dabei hätte es farblich gut zu Ihrem Anzug gepaßt.« Der Herr schaut sie an, als wäre er ein Schaf, das soeben einen Blitz in den Hollerbusch neben sich hat einschlagen sehen. Auch seine Begleiterin betrachtet die Frau mit schlecht verhohlenem Erstaunen – dann schaun sich die beiden an, der Herr und seine Dame, und man sieht es deutlich, sie sind peinlich berührt. Ein Fest, bitte sehr! Alle sind guter Laune, alle Freunde des einladenden Ehepaares, alle in einem Boot für diesen Abend, nicht alle kennen sich natürlich, und doch! Verlange ich zuviel? Eine Freundin von mir beugte sich über einen am Tisch sitzenden Mann und warf beim Ascheabstreifen sein Glas um, etwas Wein tropfte auf seine Hose, Weißwein, wohlgemerkt, die Hose war grau. Der Mann gebärdete sich, als habe sie ihm Tomatensauce aufs Frackhemd gekippt. Sie entschuldigte sich überschwenglich, bot an, Wasser zu holen, der Mann blieb vorwurfsvoll, dabei wortlos. Meine Freundin, munter vom Prosecco, kam in Fahrt und rief: »Was soll ich denn jetzt tun, mich hinknien und Ihr Hosenbein ablecken?« Zugegeben, eine gewisse aggressiv erotische Note in diesem Satz, aber doch nicht verwerflich! Der Mann schaute zu den beiden Damen, die neben ihm saßen, und alle drei schüttelten den Kopf. Lieber Himmel, sie taten so, als habe man versucht, ihm die bekleckerten Hosen auszuziehen.

Aber auch in anderen Situationen fällt mir dieser uncharmante Bierernst auf, mit dem Menschen aufeinander reagieren. Am Flugplatz, bei einer Affenhitze, wurde zum dritten Mal annonciert, daß sich der Flug nun noch einmal um eine Stunde verspäten würde. Wir alle saßen schon zwei Stunden in den schmelzenden Plastikschalen und waren, wie mir schien, auf Gedeih und Verderb ... und so weiter. Einem Mann neben mir rutschte immer wieder die dicke und schlecht gebündelte Wochenzeitung in meinen Korb. Beim dritten Mal sagte ich: »Lassen Sie sie drin, ich geb sie Ihnen im Flugzeug wieder.« Von da an schaute er mich nicht mehr an und hielt die Zeitung auf dem Schoß, als müsse er sich mit ihr schützen. Ich habe keineswegs an Flirt gedacht, nur an ein Lächeln. Vielleicht ist es falsch, das zu erwarten. Mir hätte es den Streß etwas erleichtert zu lachen. Nun ja: Ein italienischer Arbeiter neben mir (er sprach mit seinem Nachbarn unentwegt über Gewerkschaften und Baustellen) rettete meine Laune. Ich fächelte mir mit meinem Ticket Luft zu und warf ihm aus den Augenwinkeln einen Blick zu, um zu sehen, ob ihn der Luftzug störe, er erkannte den Sinn meines Blickes sofort, hielt die Backe hin und lächelte. Alles klar. Wir teilten danach keine weiteren Blicke oder Gespräche, und doch hatten wir uns verstanden, zwei Menschen, die in einem heißen Warteraum hocken.

Oft ist es nur ein Blickkontakt, der dieses von mir als beglückend empfundene Einvernehmen zwischen Fremden herstellt. Eine dicke Frau hält sich neben mir am Wühltisch Bluse um Bluse vor die breite Brust, alle winzig. Ich quäle mich durch einen Stoß T-Shirts, alle gigantisch. Wir schaun uns an und lächeln. In diesem Lächeln ist alles drin, die Wut auf ein Kaufhaus, das uns diesen Schrott vorwirft, um Kasse zu machen. Das Elend, nie das zu finden, was man gerade braucht, das Wissen, daß man am Wühltisch selten was wirklich Gutes findet, und vieles mehr.

An der roten Ampel steht eine Frau neben mir, es schneit, und die Autos spritzen ihren Schneematsch nach uns Fußgängern, eine endlose Autokarawane saust an uns vorbei. Da, ein rotes Sportauto mit einer sehr gut aufgemachten Dame, die lässig am Steuer lehnt und in die große Pfütze fährt, ohne uns einen Blick zu schenken. Aus ihrer Tür hängt wie eine graue Zunge ein Zipfel ihres Nerzmantels und flappt wie ein nasser Putzlappen im Fahrtwind. Wir Fußgängerinnen schaun uns an, schadenfroh ... es tut gut.

Ich frage mich, ob es mit Frauen besser geht als mit Männern? Warum? Weil ich eine Frau bin? Empfinden Männer das Geplänkel von Frauen als aggressiv, als Herausforderung, als Annäherung? Ich bin nicht etwa häßlich und auch nicht ausgehungert in irgendeiner Weise, also was soll's? Ich habe mit vielen Frauen gesprochen, und die haben mir's bestätigt, der nordeuropäische Mann ist heutzutage schwer dazu zu bewegen, mit Freuden zu scherzen. Warum wohl? Meine Freundin Claire, sie ist 60, versichert mir, die Männer seien verängstigt, heutzutage. Gunter Sachs sagte in einer Zeitung auf das Stichwort Feminismus: Eigentor. Das ist es, was die weise und erfahrene Claire meint. Wir hätten sie so verunsichert, sagt Claire, daß ihnen das Charmieren schlichtweg vergangen sei. Ich will das nicht glauben. Ihr Männer, laßt euch sagen, wir Frauen lechzen nach eurem Charme, oder habt ihr den (geschieht den Frauen recht!) abgelegt, willfährig wie das In-den-Mantel-Helfen und Die-Autotür-Aufhalten?

Ein Mann, der in der Schlange vor der Badeanstalt hinter mir stand, stieß mir mit seiner aufgeblasenen Luftmatratze, die wie ein Krokodil bemalt war, den Sonnenhut vom Kopf. Wir bückten uns beide, um ihn aufzuheben, dabei hätte das Krokodil fast meine Sonnenbrille abgestreift. »Ein gefährliches Tier«, sagte ich, und der Mann, verlegen und auch trotzig, glotzte mich an. »Lebt es von Badegästen?« Ich konnte einfach nicht den Mund halten, und der Mann nahm das Krokodil unter den anderen Arm und sagte: »Was wollen Sie eigentlich von mir?« Gute Frage. Jedenfalls nicht zusammen mit ihm auf dem Krokodil liegen, oder habe ich diesen Eindruck erweckt? Na wenn schon!

# Wilde Kerle und ähnliches

Ich möchte wirklich gerne wissen, was das für Leute sind und warum sie sich den Kopf zerbrechen. Trendforscher nennen sie sich, und ich nehme an, es geht um Kommerz, wenn sie wie eben jetzt ermittelt haben, daß der »Limer« den »Yuppie« ablöst. Sie wissen nicht, was ein »Limer« ist? Nun, »Limer« steht für – Less Income More Excitement – an sich keine guten Nachrichten, wenn es darum geht, Duftwässer, Seidenunterhosen und Laufschuhe an ihn loszuwerden.

Der »Yuppie«, und den kennen wir ja nun alle bis zum Erbrechen, stellte ja eine wahre Melkkuh dar, was Klamotten, Futter und Traumreisen betraf. Der »Limer« aber, so lese ich, will Spaß haben (oho!) und verzichtet daher auf Spitzengehälter und Streß-Jobs. Wie könnte diese Spezies aussehen? Wie der »Yuppie« aussehen sollte, ist allen klar, obgleich ich selten einem solchen Exemplar lebend begegnet bin. Vielleicht besuche ich die falschen Kneipen. Also der »Limer«. Nehmen wir mal an, er verschafft sich Spaß durch Monopoly, Sackhüpfen und Eierlaufen, oder er leiht sich Bücher aus, oder er hört den Straßenmusikanten zu, oder er lädt seine Herzensfrau zu einer Flasche Apfelsaft in seine Klause (Coca Cola wird er wohl nicht wollen). Wenn man ihn stressen will im Büro, da paßt er einfach, und wenn man ihn zum Chef machen will, winkt er ab. Eigentlich recht nett! Nur, wo findet man diese Rarität (all meine Freundinnen fragen sich das auch), wäre es nicht praktisch, die Herren einen Test durchlaufen zu lassen und sie mit einem Button auszustaffieren? Ich bin ein ... whatever!

Wie wird sich die Industrie auf ihn umstellen? Die Restaurants? Wir Frauen wären ja gerüstet, wir holen die alten Kochbücher aus dem Schrank und rollen den Futon aus. Aber diese Unsicherheit! Vielleicht stellt sich der vermeintliche »Limer« als ganz gewöhnlicher »Chauvi« heraus, schlimmer, als verkappter »Softie« (der Himmel steh uns bei!) oder, Horror über Horror, als »Macho« alter Strickart, der nur die Trendsetternachrichten gut gelesen hat und nun, als »Limer« camoufliert, sein Unwesen treibt.

Es ist schwer, am Pulsschlag des Zeitgeistes zu flirten, geschweige denn zu lieben. Denn nicht nur muß man sich durch ein Gestrüpp von ganz gewöhnlichen Zeitgenossen ohne Etikett arbeiten und dabei die schon bekannten, von uns Frauen ohne Trendforscher ausgemachten Männerkatastrophen meiden, z.B. den »V. S. S.« (Verheirateter-Sex-Sucher), den »B. K.« (Bindungs-Krüppel), den »W. K. W.« (Was-kostet-die-Welt-Angeber), den »G. S.« (Gefühl-Sparer). Alles übrigens Tretminen. Damit nicht genug, um die Verwirrung voll zu machen, haben wir noch auf die »Dinks« zu achten (Double Income No Kids), etwas wirklich Unerträgliches fürs Herz! Dann die »Hanks« (Health-and-Nature-Keepers), an sich gutes Material, erfordern aber eine rapide Umstellung in schier allem, auch neigen diese »Hanks« zum Dozieren und Einengen. Dann natürlich noch die »Mobies« und »Pobies« – nie gehört? Macht nichts. Die kann man von Anfang an aus der Menukarte streichen.

Sehen Sie, jetzt schwirrt auch Ihnen der Kopf, und all das haben wir einer kleinen Liste zu verdanken, die zu gegebener Zeit immer wieder in einschlägigen Magazinen erscheint. Der Pulsschlag der Trends!

Nun munkelt man ja schon lange über »wilde Kerle«, die angeblich verstärkt ins Angebot drängen. Es heißt, sie machen sich in Männergruppen fit, tauchen dort gemeinsam zurück zu ihrer Steinzeitvergangenheit in blutbeschmierten Fellen und mit basaltkeulenbewehrten Fäusten, können Feuer machen, eine Frau im Zweikampf erringen und trauen sich zu heulen wie die Schakale, wenn ihnen danach ist. Also, so einen würde ich ja gerne mal auf die Wand meiner Höhle malen. Aber da schweigen die informierten Listenmacher!

Ich höre auch noch von anderen Typen, die es wert wären, unter die Lupe genommen zu werden. Frauen, die mit ihnen Begegnungen der dritten Art hatten, beschreiben sie als intelligent, zärtlich und lebensfroh, dazu glücklich im Beruf, tolerant gegenüber Frauenbelangen und gänzlich ohne jenes bitterliche Selbstmitleid, auf das man hierzulande so oft bei den etwas gealterten Jahrgängen stößt (na, sagen wir, so nach dem dritten Treffen). Angeblich sollen diese Geheimtipkerle auch prächtig mit Kindern sein und herzlich lachen, wenn man sie kritisiert. Also, ich weiß nicht. Nennen wir sie mal die »Us«, ob von Ufo, Utopia oder »unglücklicherweise dünngesät«, überlasse ich der eigenen Interpretation.

Aber zurück zum Alltag. Liebe »Limer«, gebt euch uns Frauen zu erkennen. Liebe »Yuppies«, laßt euch kampflos ablösen. Liebe »Hanks«, Frauen sind eh das Gesündeste für einen Mann, das er sich wünschen kann. Ihr »wilden Kerle«, bitte tretet aus dem Unterholz, und ihr, ihr alten und wunderbaren Liebesgötter, die ihr euch nie geschert habt um den Zeitgeist, schickt uns einen »U«, wir versprechen, den Rest zu erledigen. Abgemacht?

# Tag des Herrn

Da kam ein dickes Buch zu mir mit dem Titel: ›Den Sonntag feiern‹. Keine Angst, dies wird keine Buchkritik. Ich habe nicht hineingesehen. Was immer für Wunder sich zwischen diesen Buchdeckeln entfalten könnten, entdecken Sie diese selber. Ich jedenfalls habe, nachdem es zwei Wochen bei mir herumlag, in seinem Verhüterli, erkannt, daß mich dies Buch irritiert und daß ich allein schon vom Konzept abgeschreckt werde. ›Den Sonntag feiern‹. Ist es nicht irgendwie schaurig, daß man uns jetzt auch noch beibringen muß, was wir an einem freien Tag mit uns anfangen sollen? Erinnert es nicht an jene Ratgeber, wie man Kinder auf einer langen Autofahrt beschäftigen soll, wie man nach dem Büro in einer halben Stunde ein Festessen für wichtige Gäste zaubert, wie man das Vorspiel zu gestalten hat, damit's zum großen Knall kommt? Sind wir denn so weit gediehen, daß unsere Phantasie, unsere Lüsternheit, unser Einfallsreichtum, unsere Sehnsüchte keinen Pfifferling mehr wert sind, weil sie so verkümmert scheinen, daß, wenn wir auf unserem inneren Computer die Taste Sonntag — frei! drücken, nur mehr die Frage kommt: »Was soll ich tun?«

Hat man uns nicht in den letzten Jahrzehnten mit einer Schleimschicht von Beratungsbüchern überzogen, die praktisch jeden Lebensbereich abdecken? Wird es jetzt so mit uns, daß, wenn uns irgendeine Begierde überkommt, wir erstmal in den Buchladen müssen, um uns Anweisungen zu holen, wie wir damit umgehen sollen. Denn auf den Sonntag und die freie Zeit ist man doch begierig, und 500 Sachen schießen einem durch den Kopf, die man in diesen Tag proppfen könnte, gleichzeitig aber auch das wohlige Gefühl, daß man *nichts* von alledem machen muß, sondern diese Lichtung in den Arbeitstagen zur freien Verfügung hat, um sie zu vergeuden, zu verschlafen, zu versaufen, zu verschleißen, zu ignorieren?

Was ist nur mit uns allen geschehen? Offenbar gibt es in uns eine große Unsicherheit darüber, ob wir den Genuß auch richtig machen. Ist das nicht ein Paradoxon? Wir lassen uns sagen, wie wir lieben sollen, wie wir essen sollen, schlafen sollen, trauern sollen, turnen sollen, lesen sollen, laufen sollen, glücklich sein sollen, atmen sollen. Was noch fehlt, ist die Anweisung, wie wir scheißen sollen. Ich sehe das kleine Bändchen bereits vor mir, mokkabraun vielleicht (abwaschbar): ›Den Stuhlgang feiern‹ oder vielleicht ›Darmtätigkeit mit Genuß‹ oder ›Lust an der Ausscheidung‹. Schockiere ich Sie? Wir sprechen uns noch, wenn dieser unerläßliche Ratgeber vorliegt. Bei der zweiten Auflage wird er um einen Zusatzteil erweitert, der Haustiere betrifft, und um eine Liste von schönen Klos in Hotels und Restaurants im In- und Ausland.

Lassen wir das. Zurück zum Sonntag. Also was machen Sie an Ihrem Sonntag? Sie verplempern ihn? Sie feiern ihn nicht? Na, da wundert's mich nicht, wenn Sie sich Sorgen um Ihre seelische Gesundheit machen. Da lebt man so viele Jahre und hat doch nie begriffen, wie man einen Sonntag wirklich »richtig« zu gestalten hat. Das ist die Geschichte von dem Indio, der eines Tages feststellte, daß der Stein vor seiner Tür, auf dem er immer die Nüsse aufklopfte, der Kopf einer uralten, dort eingegrabenen Jadegöttin war. Sie sitzt jetzt im Museum. Aber da war er schon uralt, und die Frau war ihm aus Armut gestorben, zu spät. Nur das nicht! Noch ist es Zeit. Merken Sie, daß ich anfange, nachdenklich zu werden?

Mein Widerstand gegen das Buch ist wahrscheinlich so zu erklären: Ich will nicht schwarz auf weiß lesen müssen, was ich mir habe entgehen lassen. Die vielen Sonntage! Seufz! So gesehen, war so ein Buch wirklich dringend nötig, man muß ja an die junge Generation denken, die, noch ehe sie ihr Leben aus Ignoranz zerstören kann, hier einen Leitfaden erhält, der Rettung möglich macht. Jetzt bin ich wirklich verunsichert. Sagen Sie mal, wie würden Sie nun zum Beispiel einen Abend feiern, wenn nichts im Fernsehen ist, einen ganz gewöhnlichen Abend? Gibt's da was drüber? Was tun mit den zwei Stunden, die man eventuell zu früh aufwacht, sagen wir, an einem Mittwoch? Das ist quälend. Zwei Stunden, die einem unter den Händen zerrinnen, wenn man sich allein nicht zu helfen weiß. Jetzt geht's mir richtig schlecht. Mir fällt ein, warum mich dieser wunderbare Mann nie mehr besucht am Wochenende. Ich habe einfach nichts zu machen gewußt aus dem Tag des Herrn, so sieht's aus. Jetzt verstehe ich den Schmerz in seinen Augen, wenn ich einfach im Bett liegenbleiben wollte. Gerade er, der in einen mörderischen Beruf gespannt war, hätte eine gute Sonntagsfeierin dringend nötig gehabt. Wahrscheinlich hat er die jetzt. Wer weiß, was die tun? Frühstück mit Blumenschmuck? Rätselraten? Sodann ins Museum? Lunch am See? Kahnfahren? Konzert im Parkpavillon? Nachmittags Scharade-Spiele oder Denksportaufgaben? Oh, es ist gräßlich, sich das auszumalen. Und ich? Also ich mache jetzt das Buch auf. Vielleicht habe ich ja doch noch eine Chance.

# Das Wunder des Lebens

Zu den prickelndsten Erlebnissen meiner Kindheit gehört das Studium des menschlichen Körpers anhand eines »Doktorbuches«. Ich glaube, es hieß ›Die Frau als Arzt‹ oder so und wurde in einem Geheimfach des elterlichen Bücherschrankes aufbewahrt, in dem ich ein paar Jährchen später auch Malaparte, Henry Miller und Simone de Beauvoir aufstöberte. Es gab in diesem Werk – einige medizinische Ratschläge, die ich Ihnen hier erspare, haben bis heute neurotische Spuren in mir hinterlassen – eine Doppelseite mit einem aufklappbaren Menschenpaar. Alle Innereien waren farbig, dazu beziffert und benamt. Die Frau aber hatte ein Baby im Bauch. Wunder über Wunder. Ich habe diesen Mutterbauch so oft auf- und zugeklappt, bis seine Papierscharniere ausleierten. Ich wußte sehr wohl, daß ich dieses Geheimnis der Natur noch keineswegs hätte lüften dürfen, um so obsessiver war ich damit beschäftigt.

Nun lese ich, daß in Amerika eine Art Barbiepuppe auf den Markt gekommen ist, die in ihrem Bauch ein Türchen hat, hinter dem ein Embryo eingebettet liegt, so wie ein Spielzeug im Überraschungsei. Die Dame kommt aus Dänemark und soll am US-Markt getestet werden. Bis jetzt hat sie keine gute Presse gehabt. Die Elternverbände machen Front gegen sie. Nichts hat sich verändert.

Mir nun schießt natürlich so einiges durch den Kopf, denn die Faszinationen der Kindheit sind zäh. Hat die Puppe Zubehör bei sich, Umstandskleider? Stillbüstenhalter? Einen gynäkologischen Stuhl? Gibt es eine Hebammenpuppe? (Kaiserschnitt, nehme ich an, also Operationsbesteck – wie aufregend!). Und wie sieht es mit der Vaterpuppe aus? Ken heißt, glaube ich, Barbie's Galan. Sind die eigentlich verheiratet? Man könnte eine nette kleine Nothochzeit ausrüsten. Eine ganze Hochglanzpackung mit Umstandshochzeitskleid und Sektgläschen, Bukett und allem — wäre sicher ein Renner. Denn daß man Barbie als ledige Mutter unters Volk bringt, das würde ja nun doch der Frivolität die Krone aufsetzen, was? Wenn schon das Wunder der Mutterschaft für unsere Kleinen, dann in geordneten Verhältnissen, man weiß ja, wie ein schlechtes Beispiel die Seelen der Kinder verderben kann. Also gut. Ken eben? Hat er, was ein Vater haben muß? »Sie (die Kleinen) werden fragen, wie das Kind da reingekommen ist«, gab eine Mutter aus der Elterngruppe Chicago-Nord zu bedenken. Ja, das werden sie. Wie beängstigend. Und was nun? Will man den einmal angesprungenen Kleinkunden verweigern, was folgerichtig auf den Markt zu kommen hätte? Oder liegt eine Broschüre für Mami bei, wie sie die Fragen nach der Herstellung des Säuglings proper beantworten soll (zeichnerische Diagramme, Tips für Beispiele ... the birds and the bees and the butterflies)? Irgendwie ist eben doch alles beim alten geblieben.

Jetzt nur hypothetisch (bitte sehen Sie mir meinen Phantasiespieltrip nach): Ich denke an ein Sex-Set für die unschuldigen Kleinen. Winzige Kondömchen, Bettchen, Badezimmerchen, Dessous und ein paar Videobändchen in einem kleinen TV (Batterie?). Na? Erfahren müssen sie es ja doch mal, soll man das betretenen Lehrern in der Schule überlassen? Onkel Eugen? Anderen halbgebildeten Unreiflingen, die etwas aufgeschnappt haben? Filmen, die sie in Papas Wäscheschrank entdeckt haben? Alles könnte bei »Barbies« so schnuckelig vorgeführt werden.

Ich habe damals eine Ohrfeige gekriegt, als ich meiner Puppe ein Fellstückchen zwischen die Beine klebte. Es war die »Mutter« aus meiner Puppenstubenfamilie, mit »Vater« hatte ich auch einiges vor, unterließ es aber nach diesem harschen Eingriff der Moral. Meine Mutter konnte sich tagelang nicht mehr beruhigen. Unglaubliches mußte mir hier verborgen bleiben, und ich las mit heißen Ohren in allen Büchern nach, um mich kundig zu machen. Das ist lange her, und doch, wie mir scheint, eben nicht so lange.

Als ich meinen Kindern die Sache mit den Babys erklärte — der Moment war günstig, das Meerschweinchen Luna war schwanger —, hat sie das nur mäßig interessiert. Er wollte wissen, ob es etwas zu essen gäbe da im Bauch, und was. Sie (sie war schon in der Vorschule) bestand darauf, alles, was ich gesagt hatte, noch einmal zu wiederholen. Danach sagte sie mir, es gäbe noch eine andere Methode. Man schriebe einen Brief an die Jungfrau Maria, legte ihn aufs Fensterbrett, und kurz darauf stände ein Korb mit einem Baby vor der Tür. Ich fand diese Variante trotz allem auch nicht schlecht und stimmte zu. Ja, so könnte es auch gehen. Schwangere Puppen gab es damals noch nicht.

## Frauen sind Engel

Das ist nun der zweite Fall in kurzer Zeit. Ein Mann hat seinen Zimmerkollegen erwürgt, weil er schnarchte. Er schnarchte jede Nacht, und auch nachdem man ihn öfter geweckt hatte. Der Mörder mußte sich, wie er sagt, mit Alkohol betäuben, um überhaupt schlafen zu können. Vor einem halben Jahr gab es einen ähnlichen Mord. Ja, es ist traurig und gar nicht lächerlich, und doch kommt man ins Nachdenken. Ich habe noch nie von einer Frau gelesen, die einem schnarchenden Bettkollegen das Lebenslicht ausblies, dabei sollte man meinen, daß Frauen mehr betroffen sind von dieser nächtlichen Störung. Mag sein, daß eine Frau zu ihrem nächtlichen Säger eine andere Beziehung hat als ein Zimmergenosse zum anderen. In Dörries Film ›Männer‹ sagt der Ehegatte, Männer müßten schnarchen seit dem Morgenrot der Menschheit, um die »wilden Tiere« fernzuhalten. Schon gut. Aber wer je neben einem Schnarcher versucht hat, Schlaf zu finden, wird sich durch diese Erklärung kaum trösten lassen. Vielleicht sind Frauen einfach duldsamer mit den Geräuschen, die Männer machen, *ihre* Männer. Wir sind doch ein erstaunlich heldenhaftes Geschlecht!

Wenn mein Vater im Keller nieste, hörte man das im Haus bis hinauf zum Speicher. Meine Mutter horchte auf und lächelte. Ihr Alpha-Wolf gab Laut! Uns Töchtern war es strikt verboten, uns so vehement zu entladen. Sie selbst habe ich nie niesen hören. Sie erstickte, was immer sie anfiel, in einem Taschentuch, das sie immer in ihrem Ärmel trug. Männer niesen eben anders als Frauen, triumphaler, ungehemmter, selbstverständlicher und publikumswirksamer. Sie tun es, wenn nötig und wo auch immer. Es muß sein. Sie tun es ohne Rücksicht auf Kerzen, die auf dem Tisch stehen, oder zart arrangierte Frisuren, die in die Quere kommen.

Ich habe noch nie einen Mann erlebt, der sich seines Schnarchens geschämt hätte — nicht wirklich. Sie lassen einen wissen, daß es ihnen leid tut, aber daß es ebenso unumgänglich sei wie das Kratzen des nachwachsenden Bartes und die Tatsache, daß sie die Zahnpastatube nie verschließen. Nimm mich so, wie ich bin! Eigentlich ein gesunder Standpunkt, käme man sich als Frau mit all der blöden Rücksichtnehmerei nicht irgendwie rückgratlos vor. Stellen Sie sich eine Frau vor, die schnarcht. Ich kenne eine, die im Liegewagen bei allen Freundinnen gut Wetter macht, ehe sie sich niederlegt. Was dann zu hören ist, ist ein zartes Frühlingssäuseln verglichen mit dem, was ich aus maskulinen Nasen habe brausen hören. Dennoch, es macht ihr Minderwertigkeitsgefühle, wie sie sagt. In der ersten Liebesnacht quält sie sich mit einem Geständnis. Man sollte meinen, sie hat die Krätze und muß darauf hinweisen, ehe sie den Burschen ansteckt — oder sie schläft einfach nicht.

Ja, da wirken noch die alten Rollenzwänge in uns. Eine Frau ist ein Wesen aus gesponnenem Zucker und Duftstoffen. Sie gibt nur süßen Wohlklang von sich wie etwa: »Du bist der Allerbeste« oder »Dein Schnarchen klingt wie Sphärenmusik« oder einfach nur »Ahhh«. Sie tönt nicht, sie riecht nicht, sie schnarcht nicht, sie torkelt nicht, sie kratzt sich nicht (haben Sie schon einmal Frauen gesehen, die sich an gewissen Stellen so unglaublich äffisch kratzen wie Männer — vor allem romanische?) Sie rülpst natürlich auch nicht und was es sonst noch so gibt. Sie schmatzt auch nicht oder schlägt sich unmäßig voll. O nein!

Nun werden Sie mir sagen, liebe Leser, daß viele Männer all das hier Aufgezählte auch nicht tun. Das ist richtig. Aber sie *könnten* es tun. Das würde keine Desillusionierung bedeuten in den Augen der Damen und keinen Liebesverlust einleiten. Höchstens etwas Irritation, aber was ist das schon, ganze Männer stehen zu ihren Körperfunktionen. Frauen aber sind Feengeschöpfe, wenn sie einen Körper haben, dann haben sie ihn, um Lust zu spenden, Erregung zu verschaffen und Kinder darin wachsen zu lassen. Heilige Körper, o ja. Körper, die geliebt werden; oder wollen wir das etwa nicht? Ich meine, geliebt werden? Ja, das wollen wir. Und da liegt der Hase im Pfeffer.

Ich habe auch keine Patentlösung fürs Schnarchen parat. Darum geht's auch gar nicht. Ich will auch nicht, daß wir Frauen jetzt anfangen, uns wie die Wildschweine zu benehmen — nicht doch. Ich will auch keine Morde an schnarchenden Männern anregen. Unsere Körperlichkeiten sind ja nur ein Symbol für das, was wir sonst noch mit uns anstellen! Immer noch. Das meine ich.

# Light

Wie hat der Mensch nur leben können — vorher. Es mag einem nicht in den Kopf, wieviel Zeit vergehen mußte, ehe wir jetzt in den Genuß der neuen »Leichte« kommen, oder sollte ich sagen, der neuen »Leichtigkeit«? Also — das Leben wird »light«.

Beschwingt tanzt man durch den Supermarkt, hier der Käse »light«, da die Marmelade »light«, das berühmte braune Bizzelwasser, zwar immer noch affensüß, aber eben »light«. Man raucht »light«, und sogar Butter und Schlagrahm hat man jetzt in »light«. Alles kann genossen werden und ist jetzt ganz so wie immer, nur eben nichts mehr hat die fatale Schwere, die sich auf die Rippen schlägt oder in die Lunge kokelt. Unbestritten ein neues Lebensgefühl. — Nun gibt's Miesmacher, die sagen »weniger für's gleiche Geld«, das ist eine Verkennung des Angebotes. Wer will denn wirklich Fett zu sich nehmen? Igitt, haben wir nicht schon Schweine zu regelrechten Wracks gezüchtet, damit sie kein Fett haben sollen? Sitzen wir nicht auf Butterbergen, weil wir unsere Milch entrahmen wie der Teufel? Gibt's nicht schon einen Fettersatzstoff, der so tut, als sei er himmlisch fett, ist aber Chemie? Der Witz liegt ja ganz woanders. Wir wollen alles haben wie immer, im Überfluß sozusagen, nur, es soll ein »Genuß ohne Reue« sein, es soll wie im Märchen herrlich sein, aber nicht schaden oder weh tun oder nachher Sorgen machen.

Man kann praktisch warten, bis dies Lebensgefühl auch andere Bereiche der Gesellschaft »erleichtert«! Telefonsex hat ja schon was damit zu tun, Geilheit »light«. Man muß sich nicht waschen danach, auch nicht mehr als nötig reden, auch nicht ein Taxi heim nehmen. Oder »Pornos« im Fernsehen, keine schweren, o nein, »light«, ein bißchen Po, ein bißchen Brust, ein paar gehauchte Seufzer, und schon hat man einen erotischen Abend, der einen sonst außer einer Stange Geld womöglich auch die Gesundheit gekostet hätte. Auch Beziehungen könnten ja »light« gehalten werden (und, weiß Gott, so mancher bemüht sich seit Jahren darum), keine Fragen, keine Zusagen, keine Versprechungen, keine Geständnisse, keine Verantwortung, kein Streit, keine Tränen, keine Zukunft. Was bliebe, wäre so flockig-schaumig wie ein fettarmer Joghurt. »Light« eben. Danach kein Hangover! Garantiert!

Aber auch der Kunstbetrieb müßte mitziehen. Ich stelle mir eine wunderbar designte Reihe alter schwerer Klassiker vor, die alle in eine Form gebracht werden könnten, die dem heutigen Zeitgeist entspricht. Die Bibel abgespeckt und gefiltert käme auf Inselbändchengröße heraus. Leute wie Balzac oder Proust könnte man in *ein* Taschenbuch eindünnen. Odyssee und Ilias vielleicht als Comic, und von manchen ellenlangen Gedichten brauchte nur ein griffiger Satz übrigzubleiben. Auch die Bilder der alten und neuen Meister sind doch eigentlich zu üppig. Man könnte Picassos gesamte blaue Periode in ein handliches Plakat DIN A4 umkomponieren. Von El Greco würden schon die zum Himmel gerichteten Augen in seinen langgezogenen Gesichtern genügen. Die Fettecke von Beuys — Magerquark, von der Documenta ein Satz Briefmarken, die in alle Welt gehen — na? Natürlich, auch der Film ist in seiner epischen Breite geradezu ein Fossil. Ich finde das, was in den Trailern gezeigt wird, völlig ausreichend. Man könnte sich an einem Abend an die dreißig Streifen reinziehen, und, was das Schönste wäre, das seelische Magengrimmen, das einem manches Epos bereitet hat, fiele weg. Der leichte Filmsalat jedoch wäre anregend, und zu Hause könnte man sich jubelnd ein »Light-Knäcke« mit »Light-Kaviar« (nur jede zehnte Perle wäre wirklich ein Fischei) einverleiben. Dazu Bier, das alles hat, was ein Bier braucht, nur eben keinen Alkohol.

Also man kann getrost abwarten, und alles wird seinen Gang gehen. Ich bin voller Hoffnung. Helfen Sie mit!

Träumen Sie davon, wie Opern und Theaterstücke zu erleichtern wären, Symphonien, schwerflüssige Requiems, nur zu …

Zum Schluß die letzte Meldung: Das neue Sperma »light« macht schon schwanger, aber nicht dick. Damit adieu! Sie meinen, die Glosse sei zu kurz? Sie ist »light«, so ist das.

# Grüner Daumen

Der Garten meiner Eltern war mir als Kind hauptsächlich eine Last. So jedenfalls stellte sich mir das damals dar. Ich mußte jäten, gießen, ernten. Wie gerne täte ich das heute, wahrscheinlich ein Zeichen des nahenden Alters.

Also, ich habe jetzt meinen Balkon. Das heißt ich hatte ihn schon immer, aber dieses Jahr habe ich ihn »begrünt«, wie man so schön sagt, und ich frage mich, wieso er all die vergangenen Jahre nur dazu gedient hat, mich und meine Freunde mit ihren Korbstühlen und ihren Teetassen zu beherbergen. Ich gebe zu, daß ich immer mit einer Mischung aus Neid und Abschätzigkeit auf die anderen Balkone geschielt habe. Frau B. mit üppigem Knöterich und Geranien. Familie P. mit Lorbeerbäumchen und Margeriten. Herr K. mit fleißigen Lieschen. Fräulein M. mit undefinierbaren Kräutern (Küchenkräuter, wer weiß).

Also nun, dieses Frühjahr, kam es über mich, ich fuhr mit meiner Freundin Beate in die Gärtnerei, und was immer sonst noch für Vorbehalte in mir schwelen mochten, sie verflogen. Ich erlebte hautnah die liebevolle Gier, mit der dort Menschen aller Klassen, Farben und Altersstufen, die Arme voller Blumentöpfe, herumrannten, sich berieten, vor Entzücken aufschrien, sich Pflanzen streitig machten und genau prüften, welchen besonders sympathischen Schößling sie sich herauspickten aus den riesigen Regalen mit Grünzeug. Natürlich kaufte ich viel zu viel. Ich hoffe, ich langweile Sie nicht allzusehr, aber es ist mir ein Bedürfnis, Ihnen mitzuteilen, daß meine beiden Tomatenpflanzen voller Früchte hängen, daß der Schnittlauchtopf jeden Morgen mein Quarkbrot bestückt, daß der Basilikumstrauch so fett wuchert, wie ich's sonst nur in Griechenland gesehen habe, daß mein Rittersporn auf eine Gartenschau gehört — und wie er da steht neben der Geranie, die so rot ist, daß man's kaum aushalten kann! Schluß damit.

Das erste, was ich morgens mache, kaum habe ich die Augen auf, ist, auf meinen Balkon hinauszutaumeln und meine grünen Lieblinge zu besehen, zu betasten, mit ihnen zu reden, ja, ich schäme mich nicht. Ist es nicht hinreißend, daß diese göttlichen Wesen über Nacht wachsen – man kann sehen, wieviel, jedenfalls an den Saubohnen –, und daß sie über Nacht neue glitzernde Blütenaugen für mich geöffnet haben, die mir vertrauensvoll und schelmisch entgegensehen, und daß sie in ihren Töpfen so tun, als seien sie ein kleiner Garten, so richtig mit Morgenwind im Pampagras und Tau auf den Klematisblüten? Ich sage natürlich erstmal: »Ach, was bist du schön, wie hast du dich angestrengt« (zum Mohn! eine Blüte so groß wie ein Unterteller!) Ich sage: »Wollt ihr Hornspäne? Wasser? Warmes Wasser? Dünger? Soll ich euch aufbinden?« Und zu dem Margeritenbäumchen, an dem ich immer wieder ein paar Blattläuse finde, sage ich: »Ganz ruhig, das haben wir gleich, die mache ich Dir weg.«

Die Leute, die jetzt in meinen Korbstühlen sitzen, verdrehen die Augen, weil sie sich mein Geschwärme anhören müssen, und ich weise sie scharf zurecht, wenn sie mit ihren Beinen und Schuhen den Pflanzen zu nahe rücken. Wer Zigarettenstummel ins Erdreich drückt, braucht gar nicht mehr zu kommen.

Wie haben wir als Kinder über die alte Tante Alissa und ihre Alpenveilchen auf dem Fensterbrett gelacht. »Das sind meine Kinder«, sagte sie. Wie seltsam erschienen uns der Hausmeister und sein Getue um die mickrigen Maßliebchen vor seiner Kellerwohnung. »Der Köter, den ich da drin erwische, den mach' ich kalt«, sagte er, und Vetter Otto mit seinen Kakteen (»Sie mögen Guano aus der Pipette, nichts anderes!«) – und die Laubenkolonie mit den Schrebergärten am Bahngeleise: Im Herbst wurde der größte Kürbis prämiert. »Mein Mann tät' ja am liebsten nachts neben den Kürbissen schlafen, um auf sie aufzupassen . . .«

Und nun? Nun hat's mich selbst erwischt. Bei Gewitterregen auf der Caféterrasse am See ringe ich die Hände –

womöglich hagelt's, und die Katastrophe ist da — und ich nicht zur Stelle. Nie werde ich vergessen, wie die voluminöse Schauspielerin in meiner Nachbarschaft nach diesem entsetzlichen Hagelwetter vor ein paar Jahren aufgeschrien hat, als sie auf ihren Balkon trat (ich stand schadenfroh auf meinem damals noch funktionell kahlen Metallgeviert, bis zu den Knöcheln in taubeneiergroßen Eisknödeln). Sie hielt sich am Geländer, schrie mit weit offenem Mund und einem Tremolo wie bei einem Vulkanausbruch in den Hof hinaus. Dann hockte sie sich schluchzend zwischen ihre zerquetschten grünen Freunde in ihren zerbrochenen Majolikatöpfen.

Es heißt ja, daß man für alles im Leben zahlen muß. Das Lachen von damals kostet mich sicher noch einiges. Mit Recht. Ich versuche nun heute meine Schicksalsgötter gnädig zu stimmen, indem ich mich Ihnen, liebe Leser, als leicht senile Pflanzenfanatikerin präsentiere, hüllen- und schamlos mich Ihrer Häme preisgebe. Eingeweihte aber werden mich verstehen. Ich muß jetzt gießen. Mein grüner Daumen kann die Feder nicht mehr führen.

## Altersängste beim starken Geschlecht

Auch Männer haben ihre Last mit dem Älterwerden; und wie sehr sie uns Frauen dann rühren und zärtlich stimmen, hat sich noch nicht bei ihnen herumgesprochen. Sonst wären sie offener damit und versteckten sich nicht hinter der markigen Fassade ihrer Muskeln, ihrer Ausdauer in Sport und Arbeit und ihrer nicht nachlassenden Potenz (dies alles wohlgemerkt verbal!).

»Wie wunderbar war es mit der ganz jungen schönen Frau in Basel«, sagt mein Freund H., »aber es war so anstrengend, ich habe immer gedacht, wenn ich mich über sie beuge, kriege ich diese Hängebacken, und ich habe mir sogar Gedanken gemacht, wie ich daliege im Bett — also, ob mein Fleisch vorteilhaft verteilt ist und ob der Bauchansatz... Ich war froh, als ich wieder mit meinem Eheweib im Bett lag«, sagt er lächelnd, »und zum ersten Mal verstand ich, wie sie sich immer hat mit dieser kleinen Fettfalte an der Taille.« Mein Freund R., ein Filmer, hat den großen Dramatiker, der zu Besuch in der Stadt weilt, seit zwanzig Jahren nicht gesehen und fragt sich schon bei den Cocktails immer wieder nervös, ob der ihn wohl wiedererkennt. Er erkennt ihn wieder und sagt: »Mein Gott, hast Du Dich verändert. Wo sind Deine schönen goldenen Locken?« R. kommt nach diesem Satz den ganzen Abend nicht so richtig in Laune, und er tut das einzig Richtige in solchen Momenten, er setzt sich auf ein Sofa zu uns Frauen, die alle ungefähr so alt sind wie er, und er klagt. Wir richten ihn wieder auf, wir verstehen ihn. Der Dramatiker selbst hat eine Glatze, was fällt ihm überhaupt ein!

B., mein Vetter, ruft mich abends an, und seine Stimme ist belegt. Sein Sohn, erst 15, hat bei einer Balgerei, die einer Diskussion über Erziehungsfragen folgte, scherzhaft Hand an ihn gelegt und ihn auf den Teppich gezwungen — zum ersten Mal. »Zum letzten Mal«, flüstert B. kleinlaut. Er wird's nicht mehr drauf ankommen lassen; es ist zu schmerzhaft. Dieses Kalb ist stärker als er, und er ist erst 40! Fürchterlich.

Wie schön ist es, wenn Männer zugeben können, daß der Zahn der Zeit auch an ihnen nagt und daß sie sein Wirken als gelegentlich niederschmetternd empfinden. Wir Frauen sind nicht verwöhnt von solchen Männern. Allzuoft kriegen wir die Bitterkeit des Älterwerdens als satte Projektion um die Ohren gehauen. Nie habe ich Männer so giftig sagen hören: »Die ist aber alt geworden, schau doch ihren Hals an« oder »In dem Alter könnte sie sich doch etwas unauffälliger anziehen«, als wenn sie selber gerade im Spiegel ihren weichenden Haaransatz betrachtet haben oder das Mädel an der Bushaltestelle, das sie mitnehmen wollten, gesagt hat: »Danke, Opa, ich warte auf meinen Freund.«

Mein Vater, er ist immerhin 80, berichtet mir verblüfft, daß die nette junge Frau, mit der er Museen besucht, ihn als ihren »Wunschpapa« bezeichnet hat. So will er's ja nun doch nicht gesehen haben, trotz allem. Er hinkt ein bißchen, weil ihm die Hüfte weh tut. »Ich laufe wie ein alter Mann«, sagt er zu mir, und ich umarme ihn lächelnd und sage: »Du *bist* ein alter Mann, das ist doch nicht so schlimm.« Wie gesagt, er ist 80.

Aber die Herren fangen ansonsten früh an mit dem Grübeln, so früh wie wir Frauen eben auch, ab 40 muß man sich gegen das allgemeine Bild wehren, das diese Zahl einem suggeriert — immer noch, trotz Hunderten von Büchern und Prognosen. Die Frau mit 50 soll ja das Sexsymbol dieses Jahrhunderts sein, sagt die neueste Trendforschung in den USA. Männer haben's ja immer leichter gehabt. Mit 50 jubelte man doch stets von der Blüte des Lebens, beim Mann. Aber so ganz wollen sie's nicht glauben, die Grundguten. »Ich vertrage nicht mehr so viel Alkohol wie früher«, sagt L. und sieht so schwermütig dabei aus, als wäre er unheilbar krank. »Marga säuft mich unter den Tisch. Ich geb's natürlich nicht zu. Am nächsten Tag bin ich wie eine alte Bulette, auf die einer draufgetreten ist«, und F., der immer die ganze

Strecke nach Milazzo, Sizilien, durchgebrettert ist, findet mit einem Mal die Annehmlichkeiten italienischer Hotels überwältigend. »Ilse ist ja froh darüber, ihr war's immer zu lang«, sagt er — aber daß ihm das Sorgen macht, sagt er ihr nicht. Liebe Männer, sagt es uns doch, wie wäre es angenehm, wenn wir alle kein Theater voreinander machen müßten. Wir würden sofort zugeben, daß unsere Zellulitis am Hintern uns manchmal schlaflose Nächte bereitet und daß wir euren kleinen Bauchansatz süß finden und es uns guttut, wenn auch ihr ums Aussehen in euren »besten Jahren« bangt.

## So etwas wie ein Nachwort

Ich weiß nicht, ob es eine Glossenmuse gibt, wenn ja, stelle ich sie mir als eine etwas chaotische und nachlässig gekleidete Person vor, nicht allzu freundlich und mit vielen Plastiktüten behängt, in denen sie allen möglichen Krimskrams bei sich führt. Sie kommt natürlich nie, wenn man sie anruft, um sie buhlt, sie anfleht, um einem den ersehnten Musenkuß zu verpassen. Sicher küßt einen das Luder auch gar nicht wirklich, ich denke, sie spuckt einem ins Ohr. Ja, die Glossenmuse ist unberechenbar, die Rituale, die man durchführt, um ihr Erscheinen zu beschwören (Tee kochen, Blumen wässern, Bleistifte spitzen und Musik auflegen), führen bei ihr nicht unbedingt zum gewünschten Ergebnis. Sie behält es sich vor, einen zu überraschen, im vollen Bus zum Beispiel oder bei der Politikdebatte im TV, im Wurstladen oder beim Reinigen der Toilette. Wenn sie nur kommt!!

Ich hoffe, ich zerstöre nun keine Illusionen bei Ihnen, wenn ich gestehe, daß man aufgeschmissen wäre, wenn man sich einzig auf diese launische Halbgöttin verließe. Also, man forscht in der Presse nach eventuellen Glossenkeimen, arbeitet sich durch Tages- und Boulevardblätter in deutscher Sprache zu Gazetten aus dem Ausland durch, wirft einen Blick in die Frauen- und Männermagazine, vergißt nicht die Metzgerzeitungen und die Reformhausblätter. Das alles geschieht relativ ziellos, und wenn man Glück hat und gut eingestimmt ist, verfängt irgendein Satz oder irgendein Bild, und beim eingebauten Glossenmelder glüht ein rotes Lämpchen auf. Dann gilt es sich womöglich schnell ein Stichwort zu notieren, denn sonst sind diese vagen Ideen flüchtig. Manchmal allerdings nützt auch das Stichwort nichts, man starrt es später an und weiß nicht mehr, was es einem zu sagen hat. Auf einem Zettel neben meiner Teetasse steht jetzt zum Beispiel »graue Haare« und

»Postmoderne«, und, auch wenn Sie mich totschlagen, ich weiß nicht mehr, was ich mir dabei gedacht habe. Dabei habe ich das vor drei Tagen hingekritzelt. So weit, so gut. (Jetzt erhebe ich mich, um etwas Post zu lesen und mir ein Brot zu streichen, Sie verstehen, außerdem lege ich »Kraftwerk« auf, mal sehen.)

Als Mensch, der zu bestimmten Zeiten mit einer Glosse niederzukommen hat, ist man aber auch wie in allen Sparten auf Zulieferer und Ideenspender angewiesen, die es zu pflegen gilt wie einen Garten. Diese Leute müssen meist in Stimmung gebracht werden, am Telefon oder am Kneipentisch, ehe sie mit Verwertbarem aufwarten. Drängen darf man sie keinesfalls, und loben muß man sie erheblich. Meine Freundin Julia ist immer gut für Beobachtungen im Büro und im Straßenverkehr (sie arbeitet in einer Graphikfirma am Stadtrand). Christian dagegen kennt sich mit den Tierschützern, dem Verlagswesen und mit alten Eltern aus. Und da ist Pipo, der Kellner, Isa, die Friseuse, und Tassilo, der Filmmann. Die Liste ist ziemlich lang.

Nun ist es aber so, daß lange nicht alles, was mir hier freudig angeboten wird, auch zündet bei meiner Art von Komik etwa oder bei meinem eigenen Stoffvorrat zu einem Thema. »Du mußt was über Segelfliegen schreiben!« heißt es, »über haarlose Katzen«, »über die Angst des Mannes beim Jeanskaufen«. Lieber Himmel! Manchmal, und das sind Sternstunden, höre ich Gespräche mit, am Nebentisch im Restaurant etwa, und mein Ohr wird warm (Sie wissen jetzt warum). Manchmal klagt ein fremder Mensch, der mir ein Päckchen bringt, über etwas, das ihm gerade zugestoßen ist, manchmal läßt ein Taxifahrer ein Stück Lebensphilosophie an mir ab, manchmal spricht mich eine Frau an vor dem Fenster der Zierfischhandlung.

Zeiten gibt's, da finde ich Komik in schier allem, was mir über den Weg läuft, und Zeiten, da kann ich nicht einmal über den prächtigsten Witz lachen. Viele Glossen, die ich angefangen habe, hoffnungsvoll und schmunzelnd, verdorren nach vier Sätzen, andere werden larmoyant und grimmig, ohne ein Fetzchen Witz, wieder andere ufern so aus, daß ich sie zu längeren Artikeln verarbeite. Alles kann einem zustoßen. Auf die Glossenmuse ist, wie gesagt, kein Verlaß. Wer weiß, wo sie sich heute morgen rumtreibt, das Miststück. Es tut mir wohl, nun wenigstens Ihnen gesagt zu haben, was das für eine ist.

# Keto von Waberer im dtv

Foto: Isolde Ohlbaum

Blaue Wasser für eine Schlacht

Ein einfühlsamer psychologischer Roman über die »Liebeslebensgeschichte dreier Frauen – eine weibliche Familiensaga über drei Generationen« (Süddeutsche Zeitung). Eine ›Schule des Gefühls‹ und »ein Buch über das Lieben, so klug und so schön wie lange keines, einfühlsam und mit treffender Ironie beschrieben«. (Die Zeit) dtv 11090

Der Schattenfreund
Liebesgeschichten

Daß Gertrud sich einen Kurschatten zulegt, hat weniger mit purer Liebe zu tun als mit der Tatsache, daß Albrecht, ihr Mann, allnächtlich neben ihr liegt, als sei er ins Koma gesunken. Bei Frau Reinsbeck hingegen geht es im wahrsten Sinne des Wortes mit dem Teufel zu, daß sie plötzlich so höllisch gut ankommt beim anderen Geschlecht. dtv 11326

Die heimliche Wut der Pflanzen
Erzählungen

Eine junge Frau erholt sich nur mühsam von den Folgen ihrer gescheiterten Ehe. In der Großstadt isoliert, verdient sie ihren Lebensunterhalt mehr oder weniger gelangweilt als Angestellte einer Galerie. Da verliebt sie sich eines schönen Tages in einen Besucher ...
dtv 11405

Der Mann aus dem See

Was macht eine Frau, wenn der Ehemann auszieht und der Liebhaber daraufhin »kneift«? Sie flüchtet zur besten Freundin. Was aber, wenn es sie dann magisch ins Bett von deren Freund zieht? – Daß die Macht der Erotik das Leben häufig nicht gerade vereinfacht, ist nur *eine* Erfahrung, die Keto von Waberer in diesen poetischen und doch schonungslos ehrlichen Erzählungen beschreibt.
dtv 11564 (August 1992)

# Fay Weldon im dtv

Die Teufelin

Die loyale, aber leider ziemlich unattraktive Ruth erträgt lange die sexuellen Eskapaden ihres Mannes. Irgendwann ist sie allerdings mit ihrer Geduld am Ende. Sie dreht den Spieß um und plant einen Rachefeldzug. Das erste, was in Rauch aufgeht, ist das Eigenheim. dtv 11132

Herzenswünsche

Was Helen und Clifford aus der großen Liebe machen (natürlich eine Scheidung und diverse andere Dinge und noch eine Scheidung und die eine oder andere Karriere) und wie ihre verlorene Tochter Nell viel schöner und klüger wird, als es ihre Eltern verdient haben. dtv 11197

Du wirst noch an mich denken

Ein Mann und drei Frauen, die Geschiedene, die Neue und die Halbtagssekretärin – aus dieser nicht ungewöhnlichen menschlichen Konstellation macht Fay Weldon eine rasante psychologische Studie über Schein und Sein; mit einer Komik, die manchmal mörderisch ist. dtv 11225

Kleine Schwestern

Zusammen mit dem Antiquitätenhändler Victor, ihrem zwanzig Jahre älteren Liebhaber, fährt Elsa für ein Wochenende aufs Land. Der Besuch bei Victors reichen Freunden wird für Elsa zu einer Tour de force durch Liebe, Lügen, Sex und andere Ungeheuerlichkeiten. Aus Prinzen werden Frösche, und nichts bleibt, wie es war. dtv 11305

Frau im Speck

Aus einer von Wohlstandsspeck, Diätkuren und den üblichen Midlife-crises-Affairen bedrohten Ehe hat sich Esther in eine schmuddelige Souterrainwohnung geflüchtet. Was sie dort tut? Sie ißt, und zwar alles, was fett macht. Eine »beste Freundin« taucht auf und spielt den »rettenden Engel«... dtv 11378

Sterndame

Sandra geht mit ihrem Ehemann auf eine Party und verläßt dieselbe mit einem anderen. Das Pikante am vorliegenden Fall: Die Dame ist eine prominente Fernseh-Astronomin, der Gatte ein bekannter Anwalt, und der »Neue« Boss einer Jazz-Band, übrigens ebenfalls verheiratet. dtv 11426

# Mary Wesley:

Zweite Geige
Roman

Laura, eine attraktive, unabhängige und unkonventionelle Frau von Mitte Vierzig, lernt in dem Provinzstädtchen, in dem ihre Familie lebt, den Studenten Claud Bannister kennen und findet es durchaus reizvoll, daß er offensichtlich von ihr fasziniert ist. Sie nimmt ihn unter ihre Fittiche, interessiert sich für den Roman, an dem er schreibt, und vermittelt ihm für die Arbeit an dem Manuskript sogar ein romantisches Loft unter dem Dach. Womit sie allerdings nicht rechnet, ist, daß sie sich ihrerseits ebenfalls allen Ernstes in ihn verlieben könnte ... »Die wunderbare Miss Wesley schreibt wie ein rächender Engel, mit einer Frische, einer Lebhaftigkeit, einem Vergnügen am Sex (ohne je danebenzugreifen), der ihre Jahre Lügen straft. Sie hat ein nadelspitzes Talent. Möge sie uns lange damit erfreuen.« (Sunday Telegraph) dtv 11531